JN067532

二見文庫

白衣乱れて　深夜の研究センター

睦月影郎

目次

白衣乱れて　深夜の研究センター

第一章　未来から来た乙女

1

（今日も、何事もなく終わろうとしているな……）

卯月影郎《うづきかげろう》は、寮の自室で歯磨きしながら風呂に入り、寝室でパジャマに着替えて思った。

ここは高台にある武蔵野宇宙センターの社員寮だ。２ＤＫで、リビングと寝室に書斎だけの、それなりに快適な最小限の生活空間である。

彼はこの正月に三十歳になったばかりの独身で、特に飲み歩く習慣もない。

町にはショッピングモールや映画館もあり、最寄り駅まではバスで十五分。

しかし、生活の全てはショッピングモールで事足りるので、大学を出てセンターに就職してからは、あまり都心へ出ていなかった。

仕事は、大型望遠鏡による星の観測と放射線の研究だが、データばかり眺める地味で退屈な毎日だった。

実家は湘南にあるが、すでに両親はなく、家は市役所員の兄が継ぎ、不美人の嫁と生意気なガキがいるだけだから訪ねることもなくなっていた。

（これで新星でも発見して、自分の名が付けられたら嬉しいのだけど……）

影郎は思うのだが、そんな幸運はそこらに転がってはいない。

体重百キロで童貞。学生時代からシャイでダサくてモテた例もなく、風俗へ行く度胸も金もなく、ひたすら純愛を求めて生きていた。

かと言って美食家でもなく、単に質より量を求め、インスタント物や冷凍食品ばかり買い込んで食い、酒類は置いていなかった。

しかし性欲だけは旺盛で、白衣の似合う年上のメガネ美女、バツイチの藤井《ふじい》今日香《きようか》博士に性の手ほどきを受け、彼女の娘で、たまにバイトに来る大学一年で十八歳の亜利沙《ありさ》と恋仲になるのが最大の願いだった。

だが話しかける度胸もなく、妄想オナニーばかり日に二度三度としていた。

今日も横になって、抜いてから眠ろうと思った。明日からの土日は休日だ。

以前はエロ画像など見ながら自分を慰めていたが、やはり出来合いの作品は自分の好みではなく、特に男が登場すると嫉妬と反感ばかり湧いてのめり込めないのだった。

男の出てこないレズものばかりに凝っていた時期もあるが、やはり挿入や顔面発射などのシーンも観たくなるので、結局飽きてしまった。

だから最近はもっぱら、横になって今日香や亜利沙の母娘を思い浮かべ、妄想で抜きまくるのが主流になっていた。

今夜も下半身丸出しにしてベッドに横になり、勃起したペニスを握りしめた。

暗い部屋に、壁掛けテレビだけが点いてニュースが流れていた。

たまに美人アナが出れば注目して右手を動かすが、大部分は、同じ社員寮に寝ているであろう今日香や亜利沙を思い、ペニスをしごくうちジワジワと快感が突き上がってきた。

そして絶頂が迫ってきたその時である。

「このバカ、デブ！　何をやっておるか！」

いきなり怒鳴りつけられ、影郎はビクリと動きを停めて硬直した。

（あ、危なかった。漏れるところだった……）

影郎は、辛うじて絶頂寸前で踏みとどまり、声の方を見た。

すると、テレビ画面にスキンヘッドで丸メガネの、痩せた作務衣《さむえ》姿の老人が映っていた。

どこかで見た顔だなと思ったが分からず、リモコンでテレビを消そうとした。

「消すな、デブ！　大事な話があるんだ！」

画面の老人は大音声で怒鳴り、

「とにかくパジャマを着ろ！」

と言われて、ようやく影郎は気がついた。

「ぼ、僕に言ってるんですか……？」

「そうだ。他に誰がいる！　いいか、卯月影郎！　わしは八十歳のお前だ！」

いちいち怒鳴りながら言うが、影郎はおぼろげながら、これが未来からのテレビ電話ではないだろうかと気づいた。

「ご、五十年後の僕……？」

影郎は呟き、慌ててパジャマのズボンを穿くと、ベッドに座り直して画面に対峙した。驚きに、すっかりペニスは萎えていた。

どこかで見た顔だと思ったら、自分の祖父にどことなく似ていたのだ。

「とにかく、男子に生まれたのに女も抱けずゲイにもならんなんてのは——(ピーッという音)ではないか！　健康に産んでくれた両親に申し訳ないと思わんかあ！」

途中でピー音が入ったが、少なくとも竹輪ではなく、言わんとしていることは分かった。

そして自分は、向こう五十年は生きられるようだ。見たところ、八十歳の自分は元気一杯だから持病もなさそうである。

「それで、僕にどうしろと……」

「間もなく、わしの秘書がそこへ行く。マリーという名のアンドロイドだ。詳しい話は彼女から聞け」

未来の自分はそれだけ言うと、プツンと画面が消え、また普通のテレビニュースに戻った。

狐につままれた思いで呆然としていたが、やがてズシンと音がして床が微かに揺れた。何事かと思い、彼が周囲を見回すと、ベッドの陰から白煙が立ち上っているではないか。

「か、火事……？」

思わず言って駆け寄り、ベッドの陰を覗き込むと、そこに全裸の女性が胎児のように体を丸めて横たわり、立ち上る煙も徐々に治まっていった。

「うわ……」

影郎は驚きにへたり込んだが、混乱する頭の中で、この部屋に女性が来たのは初めてだと思った。

これが、未来の自分が言っていたマリーというアンドロイドなのだろう。

「お、おい、マリー……」

恐る恐る覗き込んで声を掛けると、全裸の女性がモゾモゾと動きはじめ、やがて身を起こして彼を見た。

ショートカットで、美人でも不美人でもなく、のっぺりとした何とも平均的な顔立ちだ。卵に目鼻というのは本来、美人に対する表現だが、マリーは本当に卵に目鼻といった感じである。

歳の頃なら二十代前半で、乳房も腰のラインも、実に平均的だった。

もちろん全裸の若い女性を見て、彼はまたムクムクと勃起してきた。

すると、彼の顔を見つめていたマリーが、ふっと笑みを洩らした。

「これが、三十歳の卯月博士……、おかしいわ。写真では知っていたけど」

マリーが軽やかに澄んだ声で言い、のっぺりした顔にも表情らしきものが浮かんだ。

そして彼女が起き上がり、ベッドに腰掛けたので影郎も並んで座った。

「み、未来にはタイムマシンがあるんだな……、たった五十年後なのに」

「ええ、でも誰でも自由に使えるわけではないわ。卯月博士はＶＩＰだから」

「そ、そんなに偉く……」

「とにかく、順々に話すわね」

マリーが言うと、全裸の女性の隣で影郎もパジャマを全て脱ぎ去り、全裸になって聞いた。

話が終われば、きっとセックスさせてくれるだろう。アンドロイドとはいえ、挿入できる機能はあるかもしれないし、なければ指や口でしてくれるだけでも、一人のオナニーより全然良い。

「今から一年後、あなたは新彗星を発見して、ウヅキと名付けるわ」

「え……？」

「そう、一躍有名になるけれど、その彗星が地球に衝突するかも知れないという軌道を取りはじめるの。大きさからして衝突すれば地球は壊滅、人類は全滅。人々は厭世観《えんせいかん》と空しい享楽に浮かれた」

「でも、当たらなかった」

影郎は、五十年後の自分を見たから、心配せずに言った。

「ええ、すれすれのところで通過していったわ。しかし、人々の意識は一変し、世界中から争いがなくなったの。おそらく、彗星の放射線の影響によるものかも知れないと、のちのあなたがレポートしたわ」

「せ、戦争がなくなった……」

「そう、世界中の武器が消滅し、警官の拳銃所持もなくなったの。というのは監視カメラの発達により、犯罪を犯そうとしたものはカメラに搭載されたビームで失神、未遂であっても収容所へ送られるから」

「犯罪も皆無に……、それはすごい」

「良いことばかりじゃないの。放射線の影響で、全ての生き物の出生率が低下。やがて合成肉や培養野菜ばかりになって、国から支給される味気ない加工食料しかなくなるわ」

「……」

「そこで、人々は食と性の快楽を追求するようになった」

マリーが言い、影郎も淫気を治めて未来の話に聞き入った。

「ものがないのに、どうやって快楽を……？」

「脳内にある記憶を再現して、実際と同じような追体験が出来る装置、卯月博士の傑作だわ。プレジャーマシンKG号」

「影郎だからKG号……。ぼ、僕が作るのか……」

影郎は目を丸くし、いつしか宇宙光学から、そうしたバーチャルの分野に進出していくのかと思ったのだった。

2

「ええ、寝ながらにして、過去に食べた美味しいものや美女との体験を繰り返し味わえるの。満足感だけで、実際に食べたわけではないからダイエットには最高だし、バーチャルだから射精せず、同じ快感が得られても体力の消耗はない」

それで、未来の自分はあんなに引き締まっていたのかと影郎は思った。

国から支給される加工食品は、最低限の栄養だけだろうから、なおさら人々が食と性への享楽にのめり込むのも頷ける。

「じゃ、人口が減少しているなら自由なセックスも無理……」

「ええ、国の許可が無いと人間同士はエッチできず、するならバーチャルか、あるいはクローンと」

マリーが言う。アンドロイドでも、感触が人と同じで生きているならラブドールよりずっと良さそうだ。

「私も元はクローンだけど、六割が機械のアンドロイド。何度も手術に失敗して、やっと出来たのが私。力は人の十倍、脳内にはスーパーコンピュータが内蔵されて、しかもプレジャーマシンの機能も備わっているの」

「クローンか……」

「はい、多くのクローンを使って映画の時代劇では実際に斬ることも出来るし、医者の卵が外科手術の実習にも使える。もちろん一部のマニアは、切り刻んだり食べたりもするけど、何しろ高価だから」

「なるほど、ちょっとだけ触ってもいい……？」

「ええ、卯月博士が作ったものだから自由に」

マリーが言うので、彼も恐る恐る彼女の肌に触れてみた。

肩から腕に掛けて触れると、別に機械の骨という印象はなかった。

肌は実に柔らかく滑らかで、さらに形良い乳房に触れようとすると、

「おい、このデブ！」

またテレビ画面に、八十歳の自分が現れて怒鳴った。

「お前は、ずっと童貞で冷凍食品やインスタントしか食わんから、わしの良い思い出が何もないんだぞ！　少しでも多くの女を抱いて、高価な旨いものを食いまくれ！」

未来の自分が言う。

確かに、自分の記憶が味気ないものだったら追体験の価値もなく、怒るのも当然である。

「わ、分かりました。女性にアタックして旨いものを食います」

「ああ、マリーばかり抱くなよ。あくまで、生身の女性を攻略するのだ！」

彼は言い、また画面から消えてニュースに切り替わった。

また出てくると厄介なので、影郎はテレビのスイッチを切っておいた。

「じゃ、あまり貯金もないけど、旨いものを食い歩くようにするよ。でも体重が心配だ……」

「私が付いてるから大丈夫。僅かな期間で平均体重まで落とすわ」

「それはまさか、スパルタでしごくとか……」

「ううん、脳内に働きかけて体質改善をするの」

それなら安心である。それにテレビも消したし、ペニスはピンピンなので、あらためて影郎はマリーの乳房に触れた。

「人と、全く変わりないの？」

柔らかな乳房に触れながら聞くと、

「ええ、ちゃんと体液もあるし、感じるようにも出来ているので」

マリーが言いながら、ベッドに仰向けになっていった。

影郎ものしかかり、吸い寄せられるようにチュッと乳首に吸い付き、舌で転がしながら顔全体で膨らみの感触を味わった。

生身の女性を、いや、クローンのアンドロイドだが、とにかく女体に触れるのは初めてなので影郎は激しい緊張と興奮に包まれた。

左右の乳首を舐め回し、腋の下に鼻を埋めたが、スベスベのそこに湿り気はなく匂いも感じられなかった。

さらに肌を舐め降り、股間を後回しにして脚をたどり、爪先に鼻を割り込ませて嗅いだが、ここも残念ながら無臭だった。

股を開かせ、腹這いになって顔を進め、白くムッチリした内腿を舐め上げて股間に迫った。

丘には恥毛が程よい範囲に煙り、割れ目からはみ出した花びらを指で広げると襞の入り組む膣口が息づいていた。

（ああ、とうとう見ることが出来た……）

影郎は感激に目を凝らした。今までネットや裏ＤＶＤで女性器を見たことはあるが、やはり生身の神秘の部分は格別だった。

ちゃんと排泄するのか、ポツンとした小さな尿道口も確認でき、包皮の下からは小指の先ほどのクリトリスが、ツンと突き立って光沢を放っていた。

恐らくマリーは、何から何まで平均的な形や色をしているのだろう。

茂みに鼻を埋めたが、やはり匂いはなく物足りないが、舌を這わせると淡い酸味のヌメリが感じられた。

膣口からクリトリスまで舐め上げると、

「アア……」

マリーがうっとりと喘いで、ピクリと内腿を震わせた。

感じるように出来ているのか、影郎を悦ばせるための演技なのか分からない。

反応が嬉しく、チロチロとクリトリスを探ると愛液の量が増してきた。

さらに彼女の両脚を浮かせ、尻の谷間に鼻を埋め込んだ。

薄桃色の蕾にも匂いはなく、それでも舌を這わせて襞を濡らし、ヌルッと潜り込ませると、

「く……」

マリーがか細く呻《うめ》いて、キュッと肛門で舌先を締め付けた。

やがて影郎は前も後ろも味わい、移動して仰向けになった。

「お口でして。出ちゃうといけないので、ほんの少しだけ……」

言うと、すぐにマリーも移動し、大股開きにさせた彼の股間に腹這い、顔を寄せてきた。

まず影郎の両脚を浮かせ、自分がされたようにチロチロと肛門を舐めてくれ、ヌルッと潜り込ませてきたのだ。

「あう、気持ちいい……」

影郎は妖しい快感に呻き、味わうようにモグモグと彼女の舌先を肛門で締め付けた。マリーが熱い鼻息で陰嚢《いんのう》をくすぐり、内部で舌を蠢かせるたび勃起したペ

ニスがヒクヒクと上下した。

何というけない快感であろう。風俗へ行ったって、いきなりこんなことをしてくれる女性はいないだろう。

やがて彼女は舌を引き離し、脚を下ろして陰嚢を舐め回した。

舌先で二つの睾丸を転がし、股間に熱い息を籠もらせ、袋全体を生温かな唾液にまみれさせると、やがて肉棒の裏側をゆっくり舐め上げてきた。

滑らかな舌が先端まで来ると、彼女は幹に指を添え、粘液の滲む尿道口をチロチロと舐め回し、さらに張りつめた亀頭をくわえ、スッポリと喉の奥まで呑み込んでいった。

「アア……」

影郎は夢のような快感に喘ぎ、憧れのフェラチオをされながら恐る恐る股間を見た。

のっぺりとしたお面のような無表情だが、それだけにマリーはこちらの心根により様々な表情が窺える気がした。色白の頬はほんのり上気し、吸い付くたびに頬がすぼまった。

口の中ではクチュクチュと舌が満遍なく蠢き、たちまち彼自身は生温かな唾液にまみれ、絶頂を迫らせてヒクヒク震えた。

「い、いきそう……」

高まった影郎が口走ると、すぐにマリーがスポンと口を離した。

「お口に出してもいいのだけど、やはり歴史通りにここで童貞を捨てて、挿入感覚を知った方がいいわね」

彼女は言って身を起こし、前進してペニスに跨がってきた。

唾液に濡れた先端に割れ目を擦り付け、位置を定めるとゆっくり腰を沈み込ませた。

張り詰めた亀頭が潜り込むと、あとはヌルヌルッと滑らかに根元まで呑み込まれてゆき、彼女が完全に座り込んでピッタリと股間を密着させてきた。

「く……」

影郎は肉襞の摩擦と締め付け、温もりと潤いに包まれて呻き、懸命に暴発を堪えた。やはり、少しでも長く初体験の感激と快感を味わいたいのだ。

「アア……、いい気持ち……、やっぱり八十歳の博士とは硬さが違うわ……」

マリーが、キュッキュッと締め付けて喘いだ。

してみると自分は、八十歳になっても現役でしているらしい。

やがて彼女が身を重ねてきたので、影郎も下から両手でしがみついた。

「膝を立てて。動いて抜けるといけないから」

彼女が囁き、彼も僅かに両膝を立てて形良い尻を支えた。

まだ動かないが、じっとしていても膣内の息づくような収縮が何とも心地よかった。

マリーが影郎の胸に柔らかな乳房を押し付け、上からピッタリと唇を重ねてきた。そう、肉体や股間にばかり夢中ですっかりファーストキスを忘れていたが、ようやく体験できたのであった。

3

「ンン……」

マリーが熱く呻き、舌を潜り込ませてからみつかせてきた。

影郎も、チロチロと蠢く舌を舐め回し、生温かな唾液のヌメリと滑らかな蠢きを味わった。

彼女の熱い鼻息に影郎の鼻腔が湿り、流れ込む唾液でうっとりと喉を潤した。

互いの額が密着すると、何やら彼女の知識が流れ込んでくるようだ。

しかし、今は初体験の快感に専念したい。

逆に彼女も、影郎の脳内にある情報を吸収しているようだった。

やがてマリーが、そっと唇を離し、近々と顔を寄せて囁いた。

「この体型で、どこも悪くない健康体だわ。もっとも八十歳になっても意気軒昂だけど」

マリーが、なおも額をくっつけ合って言う。残念ながら、彼女の湿り気ある熱い吐息も無臭だった。

「そう、今日香博士のことが好きなのね」

彼女が言う。どうやらこの時代に来る前に、影郎の周囲の人間関係も調査済みなのだろう。あるいは、現在三十九歳の今日香は、五十年後も存命でセンターにいるのかも知れない。

「藤井今日香……、こうね」

マリーは今日香の分析をしながら言うと、いきなり彼女の体型が変わっていった。急に豊満になり、アップにした黒髪で、メガネを外したいつもの今日香の顔がそこにあった。

「うわ……、変身できるの……？」

影郎は急に重みを増したマリーを見上げ、驚いて言った。

いや、それはもうマリーではなく、色白豊満で巨乳、美熟女の今日香そのものだった。

「ええ、一割ぐらいの体型の変化は自在。それに藤井今日香博士のデータを元に食生活や体質を分析して、体臭や口臭まで彼女そのものに変えられるわ」

声も、今日香そのものとなり、甘ったるい汗の匂いが感じられはじめた。

しかも吐息は白粉《おしろい》に似た刺激を含み、悩ましく影郎の鼻腔を掻き回してきたではないか。

膣内の締め付けや温もりも微妙に変化しているので、これが今日香の感触なのだろう。

さらに、変身したマリーは額を密着させ、

「そう、娘の亜利沙のことも好きなのね」

言うなり急に全身が小降りになり、セミロングの髪で笑窪の浮かぶ美少女に変身していた。

「き、きつい……」

急に膣内が締まり、きっと処女の感触はこうであろうという感覚に包まれたのだ。しかも亜利沙そっくりになった口から吐き出されるのは、甘酸っぱい果実臭の吐息である。

誰にでも変身し、感触も匂いも本人そのものなら、マリー一人いれば充分ではないか。

「それではダメなの」

マリーが、彼の心根を読んだように、可憐な美少女の声で言った。

「この時代は自由に恋愛が出来るのだし、自分の力で攻略しないと喜びは増さないわ。五十年後の博士が望むのも、あくまで私ではない生身の女性との体験」

「う、うん、分かった。でも今は、今日香博士の中でいきたい」

「いいわ」

マリーは答え、見る見る美少女が豊満な美熟女に変わっていった。

やはり初体験は、年上の今日香の中で果てたかった。

巨乳に戻り、彼女の吐息も大人っぽい白粉臭になり、愛液の量が増してきた。

本人のデータを元に再現しているのだから、きっと今日香本人もこのように濡れやすいのだろう。

もう我慢できず、影郎はズンズンと股間を突き上げはじめていった。

「あう、いい気持ち……」

今日香の顔をしたマリーが熱く声を洩らし、合わせて腰を遣ってくれた。

溢れる愛液で動きが滑らかになり、クチュクチュと湿った摩擦音が聞こえてきた。互いの股間は熱いヌメリでビショビショになり、収縮と摩擦の中で彼は急激に高まった。

「い、いく……！」

影郎は、ひとたまりもなく声を洩らし、大きな絶頂の快感に全身を貫かれて昇り詰めた。同時に、ありったけの熱いザーメンをドクンドクンと勢いよくほとばしらせると、

「アアッ……、いい……！」

奥に噴出を感じた今日香ことマリーも、熱く喘いでガクガクと全身を痙攣させはじめた。

彼は下からしがみつきながら激しく股間を突き上げ、心ゆくまで快感を噛み締めると、最後の一滴まで出し尽くしていった。

やはり自分でするオナニーとは格段に違い、その快感は何百倍もあるような気

がした。

すっかり満足しながら突き上げを弱めていくと、

「ああ……」

今日香も声を洩らし、収縮を続けながら彼のザーメンを吸収していった。

やがて完全に動きを停め、まだ息づく膣内に刺激されたペニスがヒクヒクと過敏に震えた。

そして影郎は今日香の重みと温もりを感じ、甘い刺激の吐息を間近に嗅ぎながら、うっとりと快感の余韻に浸り込んでいったのだった。

（とうとう初体験をしたんだ……）

彼は荒い息遣いを繰り返して思い、今日香の顔を見上げたが、それはすでにマリー本来の卵に目鼻へと戻っていた。

「ああ、気持ち良かった……」

「ええ、本人とも、こんなふうに出来るといいわね」

マリーが答え、彼の呼吸が整うのを待ってから、そろそろと身を起こして股間を引き離した。

見ると、ヌメリは全て吸収されたようで、ティッシュで拭く必要もなく実に便利だと思った。何しろオナニーでは、すんだあとにザーメンを拭いて処理するのが何とも空しいのである。

「さあ、バスルームへ」

マリーが言ってベッドを降りると、彼も身を起こして従った。

バスルームに入ると、彼女は影郎を椅子に座らせてシャワーの湯を出し、何故か排水口の蓋を外して、

「飲んで」

言いながら唇を重ねてきた。すると唾液のような生温かな粘液が口移しに注がれ、影郎は夢中になって飲み込んだ。

やけに心地よく喉を通過し、マリーが口を離した。

「これは……？」

「体内に蓄積している未来の薬効成分よ。すぐに、無駄な脂肪や贅肉、不要な物質が排泄されるわ」

彼女が答えるなり、影郎の全身から異様な発汗が開始され、思わず便意を催したので椅子から降りた。同時に、大小の排泄が勢いよく開始され、彼の口からも吐瀉物が噴出した。

「ぐえ……！」

影郎が呻きながら、上から下から延々と出し続けるものを、マリーがシャワーの湯で排水口へと流していった。

苦しいが心地よく、いつ果てるともない噴出がようやく治まった。

マリーは、まだ発汗している彼の全身を洗い流してくれた。

「これを二、三回続ければ、すぐに健康な標準体重になるわ。もう十キロは落ちたはずよ」

言われて自分の身体を見ると、太鼓腹が心なしかすっきりしているようだ。

同時に視力も嗅覚も研ぎ澄まされたようで、全身に力が漲りはじめていた。

やがて身体を拭いてベッドに戻ると、マリーが添い寝してくれた。

「ね、もう一回したい」

「もうダメ。明日からは生身の相手にアタックするのよ」

ムクムクと回復しながらせがむと、マリーは答えながら、それでも額同士を密着させてきた。

「今日は寝ている間に、未来の知識を授けるから」

彼女が囁き、影郎は目を閉じた。すると、未知の彗星の方角や、専門である天文学以外の知識、バーチャルや脳科学の仕組みなどが流れ込んできた。

一度に多くの知識を得ると脳がパンクしそうだが、今まで脳のほんの一部しか使っていなかったし、脳はそんなチャチなものではないようで、全てが心地よく吸収されていった。

（そうか、未来から来たマリーが彗星を教えてくれて、プレジャーマシンの設計も出来るようにしてくれたのか……）

鶏か卵か、どちらが先か分からないが、とにかく自分の未来は希望に満ちているようだ。

もちろん底にあるのは、八十歳の自分自身の欲望であろう。

やがて影郎は、知識を得ながら深い睡りに落ちていったのだった。

4

「これ似合うかしら。全て揃えないと」

翌朝、影郎とマリーはショッピングモールに来ていた。

彼女は、影郎のジャージ上下にスニーカー、空のリュックを背負っている。

まず二人はレストランで朝食を取り、影郎は久々にインスタントや冷凍ではない、ハンバーグ定食を空にした。

次に来たのはブティックである。

「で、でもお金が……」

影郎は、薄い財布を心配して答えた。レストランの支払いをすませただけで、

給料前のため残金は一万円を切っている。

「ああ、博士が口座に何百万か振り込んだので、カードの支払いで大丈夫」

「え、本当……？」

さすがに未来の自分はＶＩＰだけあり、金持ちのようだ。

それならと安心し、マリーに買い物を任せた。

彼女も、女店員に相談しながら下着類に靴、ブラウスにスカートにコート、バッグまで買い、その場で全て身に着け、脱いだジャージ上下やスニーカーをリュックに入れた。

すっかり美しく着飾ったマリーに持たせるわけにいかないので、リュックは影郎が背負った。

さらに化粧品コーナーで、マリーはメイクしてもらった。

元々どのような顔にでもなれる、のっぺりした卵に目鼻が、メイクにより目元がくっきりし、赤い唇の超美女に大変身した。

全ての支払いをカードで済ませ、レシートを見てみると、まだ残金は三百万ばかり残っていた。

このまま部屋に戻り、超美人になったマリーを抱きたいのだが、とにかく自分の使命は生身の女性を攻略することである。

マリーも、特に五十年前の世界に興味はなさそうで、とにかくショッピングモールを出て、どこか喫茶店で今後の予定でも話し合おうと思った。

と、駐車場を横切ろうとすると、そこで影郎とマリーは、車から出てきた三人の若者に取り囲まれた。

二十歳前後で、見るからに頭の悪そうな顔つきをしている。

「綺麗なお姉さん連れてるな。そっちのデブはいいから、お姉さん一緒にドライブしない？」

どうやら土曜で遊びに来たらしいが、宇宙センターといってもロケットの発射実験をしているわけでもなく、小さな展示場があるだけだから退屈しているのだろう。

「デブじゃないわ。九十キロまで落としたのよ」

マリーが憤然と言った。

「九十キロならデブじゃねえか」

三人が嘲笑して言うと、マリーは正面のボス格の男をじっと見つめて、人物を分析したようだ。

「何だと！」

「岡村俊夫《おかむらとしお》、十九歳、補導歴二回、親の代からのバカね」

「確か未来では、傷害事件で逮捕され、五十年後は強姦未遂で収容所に入れられているわ。一足先に転送してあげましょう」

「なに言ってんだ、この女」

「とにかく、生きていても何の役にも立たないゴミ」

マリーが言うと、激昂した男が摑みかかってきた。

すると、男は彼女に触れた途端、ジュッという蒸発音とともに一瞬で消失したではないか。

どうやら未来の収容所に転送されたようだ。

「な、何しやがった……、岡村、どこだ……！」

残る二人がうろたえて周囲を見回したが、マリーはさらに前に出た。

「あんたたちにも、ろくな未来はないわね。さあ、私に触れて」

手を伸ばすと、その腕を摑んだ瞬間、男は同じようにジュッと消え失せた。

残る一人がマリーの背後から組み付いたが、体の一振りで男は宙高く放り投げられ、地に落下する寸前で蒸発した。

幸い、誰にも見られていなかったようだ。

「すごい……、マリーがいたら恐い物なしだね……」

影郎は感嘆し、やがて二人で何事もなく歩きはじめた。

「未来の収容所って、どんなものなの。懲役何年とか」

「ううん、終身刑、と言うより、どんな些細な犯罪だろうと未遂だろうと死刑だわ。そして肉は、国から支給される健康食品の一部になるの」

「うわ……」

それを聞き、影郎は背筋を寒くさせた。

そういえば昔、似たような話で『ソイレントグリーン』という未来SFの映画があった。

「もちろん上は成分を内緒にして、合成肉と培養野菜の粉末を固めたものとして発表しているけど」

「ふうん……、人口が減っているのに、ダメ人間は容赦なく消すんだね」

影郎が言うと、マリーはショッピングモールから出てきた一人の女性に目を向けていた。

「今日香博士だわ。声を掛けて。私は部屋に戻っているので」

「え……」

見ると、確かに買い物の荷物を抱えた今日香がこちらへ歩いてきている。

マリーは、引き留める間もなくさっさと社員寮の方へ去ってしまった。

仕方なく、影郎は今日香の前に行った。

今日も彼女は、色白豊満で巨乳を揺らし、髪をアップにしたスーツ姿で、知的なメガネが魅力的だった。

「こんにちは、荷物をお持ちしましょうか」

「まあ、まさか、卯月君……？」

声を掛けると、今日香がレンズの奥の目を丸くして言った。

博士号を持つ彼女は、研究員の彼を君づけで呼び、それが女教師のようで彼は好きだった。

「どうしたの、急に瘦せちゃって……」

今日香は言い、彼の顔から足元まで舐めるように見回した。

「ええ、長くやっていたダイエットがようやく効果を現したようで」

「き、昨日は今まで通りだったのに」

「ええ、辛抱して続けていると、急に結果が出たようです」

「どんな方法で？　教えて」

「今日香博士は、今のままで充分に綺麗じゃないですか」

影郎は、初体験をしたうえ未来の知識まで持ったから自信が付き、今までは言えなかったような軽口が出た。

「とんでもない、亜利沙からも瘦せたらって言われ続けているのよ。ゆっくりお話を聞きたいわ」

「とにかくお荷物を」

「ええ、ありがとう」

手を伸ばすと、彼女は二つの袋を渡してきた。生活雑貨や食材で、かなりの量である。

二人は、ショッピングモールやバスターミナル周辺の喧騒を抜け、一緒に社員寮まで歩き、中に入った。

「亜利沙は、今日はお友達と新宿に出ているわ」

「そうですか。僕は何年も町に出ていませんね。ここで全部用は足りるから」

彼は答え、亜利沙がいないなら大チャンスかも知れないと思い、期待に胸と股間が膨らんできた。

もちろんマリーとしたとは言え、彼女はアンドロイドだから、今日香という生身を相手に初体験できるかも知れないという期待は大きい。だが、何しろ昨日までの自分ではないのである。

マリーの知識をもらい、今の彼は今日香以上の叡智に満ちているのだ。

そして何より、昨夜はマリーが変身をしてくれて、今日香の顔と肉体で初体験したのだから、それを実際に体験したいという思いが強かった。

やがて二階に上がり、今日香がキイでドアを開け、彼を招き入れてくれた。

もちろん母娘の住まいに入るのは初めてのことである。

上がり込んで荷物を置くと、すぐに今日香が紅茶を淹《い》れてくれた。

家族用なので、影郎の住まいよりも広い３ＬＤＫだ。リビングに書斎、あとは母娘それぞれの寝室だろう。

リュックを下ろしてソファに座ると、今日香も紅茶を運んで腰かけた。

こんなにすんなり部屋に入れるなら、今までどうして思い切って声を掛けたりしなかったのかと悔やまれた。

それに今日香も、職場の学者然とした白衣姿と違い、今はごく普通のバツイチ主婦といった趣きである。

ブラウスの胸ははち切れそうに膨らみ、豊かなお尻がソファのクッションを沈ませ、生ぬるく甘ったるい匂いが感じられて彼の股間が反応してきた。

5

「それで、どんなふうにダイエットを？」

影郎が熱い紅茶を一口すすると、今日香が顔を向けて訊いてきた。

「ええ、僕はジムに通ったりジョギングしたりするのは苦手なので、朝も昼も青汁や野菜ジュースですませて、夜だけ普通に」

「そ、それじゃ体力が持たないでしょう」

「はい、仕事に支障がないよう気をつけていました」

「確かに、卯月君はお酒を飲む方じゃないだろうし」

「ええ、間食や甘い物も一切摂《と》っていません」

「でも、どうせ夜はインスタントものや冷凍食品ばかりでしょう」

今日香は、よく知っているようだ。

「そう、でもせっかく効果が出てきたので、これからはちゃんとした食事を摂るように心がけます」

「そうなの……、確かに、食を減らすのが最適なのだろうけど、相当に強い意志が必要だわね……」

今日香は、とても真似できないというふうに嘆息した。

「そしてもう一つ、内緒なのですけれど……」

影郎がモジモジして言うと、急に今日香が身を乗り出してきた。

「そうでしょう。それだけじゃないと思ったわ。その秘密の方法を聞かせて」

甘ったるい匂いが濃く漂い、彼は胸を高鳴らせながら、痛いほど股間が突っ張ってきてしまった。

今日香も、よほど痩せたい願いが強いようで、センターでの冷徹な学者の雰囲気とはまるで違っていた。

マリーに施術してもらうのが一番で、影郎は思わず美熟女が汗まみれで大小の排泄や吐瀉をする様子を想像して股間を疼かせた。もちろんマリーは、そんなこと承知してくれないだろう。

「ええ、言いにくいんですが……」

「言いにくい、何、焦らさずに教えて」

「実は、毎晩寝しなに二回か三回抜いてるものですから……」

顔から火が出る思いで言ってしまった。もちろん女性相手に下ネタを言うなど生まれて初めてのことである。それで不快に思われ、出て行けと言われれば素直に従うつもりであった。

「そ、そうなの……、それって、オ、オナニーのことね？」

すると今日香も、色白の頰を上気させてモジモジと答えた。

「え、ええ、何しろ相手がいないものですから……」

「確かに、一回の射精は何百メートルの全力疾走とか言うけれど、それにしても多すぎないかしら……」

「はい、年に千回ぐらいです」

これが本当の千ずりなのだが、実際それぐらいしているのである。

「運動は苦手でも、それはするのね……」

「ええ、右手だけと思われるでしょうが、結局は全身運動に近いので」

彼は言いながら、憧れの美熟女とこんな話題になり、股間は痛いほど突っ張り続けていた。

「本当に、付き合っている相手はいないの？」

「い、いません。ファーストキスもまだなんです、三十にもなって……」

訊かれて、影郎は正直に答えた。

昨夜マリーとしているが、彼女はクローン人間のうえ改造を施されたアンドロイドだから、嘘にはならないだろう。

しかも昨夜は、今日香の顔と肉体に変身してもらって初体験したのだから、なおさら生身の本人としたくて堪らなくなった。

「じゃ正真正銘の童貞なの？」

「正真正銘の童貞です」

繰り返し言うことではないが、彼は哀れを誘うように答えた。

「好きな人は？」

「きょ、今日香博士です……、僕、前から博士に教わりたくて……」

息を弾ませて言うと、彼女はドキリとしたように微かに身じろいだ。

しかし嫌がっていないようで、甘ったるい体臭が濃く揺らめいた。

「う、卯月君は真面目で優秀だから、いずれはセンターのトップになる人だと思っているわ。だから、上司として悩みを解消してあげたいのだけど……」

良い風向きになってきたので、影郎はもう一押しした。

「どうか、お願いします。このまま悶々としていたら、きっと身体を壊すか頭が変になりそうです」

拝むように言うと、彼の淫気が伝わったように、今日香もその気になってきたようだった。

「わ、分かったわ……」

「い、いいんですか……」

「ええ、誰にも内緒よ」

「もちろんです。僕の方こそ、内緒でないと困ります」

同調し、決意を促すように言ったが、彼は亜利沙に知られるのが一番困るのである。

「じゃ、こっちへ」

今日香が言って腰を浮かせたので、

「そ、その前にシャワーを貸して下さい。すぐ行きますので」

影郎は言って立ち上がり、勝手にバスルームに入った。

実は尿意を催していたし、朝食後の歯磨きもしていない。しかも今朝はシャワーも浴びていないのだ。

本当なら、起きがけに添い寝しているマリーとセックスすればシャワーを浴びられたのだが、彼女に拒まれたのである。

影郎は脱衣所で手早く全裸になり、ついでに母娘の下着でも嗅ぎたいと思って洗濯機の中を見たら空だった。土曜の休日なので、朝に洗濯を終えて全てベランダに干してあるのだろう。

そして赤とピンクの歯ブラシがあったので、恐らく亜利沙のものであろうピンクの方をくわえてバスルームに入り、シャワーを浴びた。

ほんのりハッカ臭のする歯ブラシで歯を磨き、ボディソープで腋と股間を念入りに洗い、シャワーの湯を浴びながら放尿もすませた。

さらに歯ブラシで勃起したペニスの先端を擦り、

（ああ、亜利沙……）

と思ったが、こんなことをしている場合ではない。

全身を流して歯ブラシも洗い、脱衣所に出て歯ブラシを戻し、身体を拭いた。

そして腰にバスタオルを巻き、脱いだものを抱えてリビングを出ると、待っていたように今日香が立ち上がった。

「じゃ、私も急いで浴びてくるので」

「いえ、いえ、いけません、どうかそれだけは……」

彼女が言うので、影郎は必死に止めた。

「まあ、どうして。だってゆうべお風呂に入ったきりだし、今日は朝からお買い物で動き回っていたから」

「今のままでお願いします。初めてなので、自然のままの匂いを熱烈に知りたいものですから」

彼は懇願しながら、奥にあった寝室に入って彼女を押しやった。

やがて勢いに押され、今日香も諦めたように一緒に寝室に入ってくれた。

果たしてそこは彼女の寝室で、セミダブルのベッドと鏡台、クローゼットがあり、生ぬるく甘い匂いが籠もっていた。

今日香の元夫は大学教授で、生活のすれ違いから離婚して今はイギリスの大学に赴任しているようだ。

「本当にいいのね。汗臭くても知らないわ」

「ええ、お願いします」

影郎が答えると、今日香も意を決してブラウスのボタンを外しはじめてくれ、彼も安心して先にベッドに横になった。

枕には、甘い匂いが濃厚に沁み付き、その刺激が鼻腔から股間に悩ましく伝わってきた。

今日香も、脱ぐとなるともうためらいなく、背を向けながら手早く白い熟れ肌を露わにしていった。ブラを外すと滑らかな背中が見え、とうとう最後の一枚を脱ぐと、豊満な尻が突き出された。

やがて一糸まとわぬ姿になると、今日香は巨乳を押さえて向き直り、見られるのを恥じらうように急いで添い寝してきた。

カーテンが二重に引かれて薄暗いが、真っ暗ではなく隙間から昼の陽射しが入り込み、しかも研ぎ澄まされた視力を持ったから観察に支障はないだろう。

「ああ、嬉しい……」

影郎は感極まって身を寄せ、彼女の腕をくぐって甘えるように腕枕してもらった。しかも腋の下には、自然のまま柔らかな腋毛が色っぽく煙っている。

離婚以来、研究一筋の彼女はお洒落やケアなどに関心がないようだった。

目の前では、手のひらに余るメロンほどの巨乳が呼吸とともに艶めかしく息づいていた。

そして生ぬるく甘ったるい体臭が漂い、影郎はうっとりと酔いしれながら激しく勃起し、腋毛に鼻を擦りつけ、充分に腋の匂いを嗅いでから、巨乳に顔を寄せていったのだった。

第二章　豊満な腰の感触

1

「アアッ……、感じる……」

触れられるのは久々らしい今日香が熱く喘ぎ、うねうねと熟れ肌を悶えさせ、さらに濃く甘い匂いを漂わせた。

全裸だが、彼女はメガネだけは掛け、いつもの顔立ちで息を弾ませている。

影郎は、自分のような未熟な愛撫に美熟女が感じてくれるのが嬉しく、巨乳を揉みながらチュッと乳首に吸い付いていった。

舌で転がし、もう片方を揉みながら顔じゅうで豊かな膨らみを味わい、やがて両方を交互に含んで舐め回した。

白く豊満な肌は、少しもじっとしていられないように息づいてうねり、さらに甘ったるい匂いを濃く揺らめかせていた。

彼は滑らかな肌を舐め降り、形良い臍を探り、張り詰めた下腹にも顔を埋めて弾力を味わった。

昨夜は、マリーが変身した今日香の肌を味わったが、やはり血の通った熟れ肌の温もりも感触も違っているように感じられた。

そして股間を後回しにし、豊満な腰のラインから脚を舐め降りていくと、脛にはまばらな体毛が認められ、彼は野趣溢れる魅力を覚えた。

やはりマリーの、今日香のデータによる変身では、腋毛や脛毛までは再現されなかったのだろう。

足裏に回り込み、踵から土踏まずに舌を這わせ、綺麗に揃った足指の間に鼻を押し付けて嗅ぐと、マリーでは感じられなかった、生ぬるく蒸れた匂いが濃厚に沁み付いていた。

（ああ、美女の足の匂い……）

影郎は感激と興奮の中で思い、ムレムレの匂いを貪り、爪先にしゃぶり付いて舌を割り込ませ、汗と脂の湿り気を味わった。

「あう、ダメよ、汚いから……」

今日香が驚いて呻き、生徒でも叱るように言った。

影郎は構わず、全ての指の股をしゃぶり、両足とも貪って味と匂いを堪能し尽くした。

そしていったん顔を上げ、彼女をうつ伏せにさせた。

今日香も素直にゴロリと寝返りを打ち、彼はまた屈み込んで、踵からアキレス腱、脹《ふく》ら脛《はぎ》と汗ばんだヒカガミ、太腿から豊満な尻の丸みを舐め上げた。

まだ尻の谷間は後回しだ。

腰から滑らかな背中を舐めると、ブラのホック痕は汗の味が感じられた。

「アア……」

背中は感じるようで、今日香は顔を伏せて喘いだ。

肩まで行ってうなじを舐め、耳の裏側と髪も嗅いでから、再び背中を舐め降りていった。

脇腹に寄り道し、柔肉を軽く嚙むと、

「く……」

熟れ肌の弾力を伝えながら今日香が呻いた。

再び尻に戻ると、彼はうつ伏せのまま今日香の股を開かせ、真ん中に腹這い、豊かな双丘に顔を迫らせた。

指でムッチリと谷間を広げると、薄桃色の蕾が僅かにレモンの先のように突き出た色っぽい形をしていた。これもマリーの再現では見られないような艶めかしいもので、本当に美女は脱がせて隅々まで見なければ細かな部分は分からないものだと思った。

谷間に鼻を押し付けると、豊満な双丘がピッタリと顔全体に密着し、蕾に籠もる蒸れた微香が悩ましく鼻腔を刺激してきた。

影郎は腹這いのため勃起したペニスを押しつぶしながら、今日香の匂いを貪り舌を這わせて蕾を濡らした。

そしてヌルッと舌を潜り込ませ、滑らかな粘膜を探ると、淡く甘苦い味覚が感じられ、彼はゾクゾクと興奮を高めた。

「あう、ダメ……」

今日香が呻き、キュッと肛門できつく舌先を締め付けてきた。

彼は充分に舌を蠢かせ、出し入れさせるように律動させると、

「も、もう止して、そんなことする人いないのよ……」

今日香が言い、尻を庇《かば》うように寝返りを打ってしまった。

元夫の他に何人の男を知っているのか分からないが、どうやら誰にも肛門を舐められたことがないようだった。

影郎は今日香の片方の脚をくぐり、再び仰向けになった彼女の股間に迫った。

ムッチリと量感ある内腿を舌でたどり、中心部に目を凝らすと、ふっくらした丘には程よい範囲に恥毛が茂り、割れ目からはみ出す陰唇がヌラヌラと愛液に潤っていた。

とうとう生身の、しかも憧れの美人博士の神秘の部分に辿り着いたのだ。

震える指先を当て、そっと陰唇を左右に広げると、微かにピチャッと湿った音がして中身が丸見えになった。

かつて、亜利沙が生まれ出てきた膣口は、花弁のように襞を入り組ませて息づき、小さな尿道口も見えた。そして包皮の下からは、真珠色の光沢を放つクリトリスが、やはり小指の先ほどの大きさでツンと突き立っている。

「アア、そんなに見ないで、早く入れて……」

彼の熱い視線と息を感じ、今日香が羞恥に腰をくねらせながら言った。

もちろん舐めもしないのに入れるバカ男は、この世に一人もいない。

影郎はジックリ見てから顔を埋め込み、柔らかな茂みに鼻を擦りつけ、隅々に籠もった熱気と湿り気を嗅いだ。

それは甘ったるい濃厚な汗の匂いに、ほのかな残尿臭と、大量の愛液による生臭い成分も含まれ、彼の鼻腔を悩ましく掻き回してきた。

「いい匂い……」

「あう！」

感激と興奮で思わず言うと、今日香が羞恥に呻き、内腿でキュッときつく彼の両頬を挟み点けてきた。

彼はもがく豊満な腰を抱え込んで抑え、嗅ぎながら舌を挿し入れていった。

ヌメリは淡い酸味を含み、すぐにも舌の動きがヌラヌラと滑らかになった。

影郎は舌先で膣口の襞をクチュクチュ掻き回し、柔肉を味わいながら、ゆっくりクリトリスまで舐め上げていった。

「アアッ……！」

今日香が声を上ずらせ、ビクッと顔を仰け反らせながら内腿に力を込めた。

やはりクリトリスが最も感じるようで、彼は舌先を上下左右に蠢かせ、弾くように次第に強く舐め回した。

さらに指を這わせ、膣口に押し込んでいくと、滑らかに奥まで吸い込まれた。

内壁は心地よいヒダヒダがあり、小刻みに摩擦しながらネットで知った天井のGスポットも探った。

そして指を動かしながら、クリトリスにチュッと吸い付くと、

「も、もうダメ……！」

今日香が言って、いきなり身を起こすと彼の顔を股間から追い出しにかかったのだ。

どうやら絶頂が迫り、どうせなら一つになって果てたいのだろう。

それに部下の童貞を味わいたい気持ちも、きっとあるに違いなかった。

影郎は股間を這い出して添い寝していくと、入れ替わりに彼女が身を起こし、彼の股間に顔を移動させていった。

大股開きになると、彼女は屈み込んでまず陰嚢に口づけし、舌を這わせて二つの睾丸を転がしてくれた。

「ああ……」

受け身に転じた影郎は快感に喘ぎ、あらためて陰嚢も感じることに新鮮な発見

をしたのだった。

今日香は充分に袋全体を舐めて生温かな唾液に濡らすと、前進して肉棒の裏側をゆっくり舐め上げてきた。

滑らかな舌が先端まで来ると、粘液が滲んでいるのも厭《いと》わず、幹に指を添えてチロチロと尿道口を舐め回してくれた。

さらに張りつめた亀頭にもしゃぶり付き、丸く開いた口でスッポリと喉の奥まで呑み込んでいった。

「あう、気持ちいい……」

影郎は、憧れの上司に深々と含まれ、感激と快感に呻いた。

とにかく、暴発したら勿体ないので懸命に肛門を引き締めて耐えた。

彼女は熱い鼻息で恥毛をそよがせて吸い付き、口の中ではクチュクチュと舌をからめてくれた。

思わず股間を突き上げると、

「ンン……」

喉の奥を突かれた今日香が呻き、合わせて顔を上下させ、濡れた口でスポスポと強烈な摩擦を繰り返した。

「い、いきそう……」

影郎は絶頂を迫らせ、生温かな唾液に濡れた幹を震わせて言った。

すると、今日香がスポンと口を離して顔を上げた。

「いいわ、入れて」

「ど、どうか博士が上になって跨いで下さい……」

言うと彼女も、すぐに身を起こして前進し、彼の股間に跨がった。そして幹に指を添え、先端に割れ目を押し当てると、童貞を味わうように息を詰めて、ゆっくりと腰を沈み込ませていったのだった。

2

「アアッ……、いいわ、奥まで感じる……」

ヌルヌルッと根元まで受け入れると、今日香が顔を仰け反らせて喘ぎ、完全に座り込んで股間を密着させた。

影郎も、肉襞の摩擦と温もり、締め付けと潤いに包まれて懸命に堪えた。

そして両手を伸ばして彼女を抱き寄せ、マリーに言われた通り両膝を立てて豊満な尻を支えた。

今日香も身を重ね、彼の胸に巨乳を押し付けてきた。

下から両手でしがみつき、温もりと感触を味わいながら唇を求めると、彼女もピッタリと重ねてくれた。

柔らかな感触と唾液の湿り気が伝わり、そろそろと舌を挿し入れて滑らかな歯並びを舐めると、今日香も歯を開いて舌をからめてきた。

チロチロと舐め合うと、生温かな唾液に濡れた舌が滑らかに蠢き、熱い鼻息が彼の鼻腔を湿らせ、レンズも曇らせた。

もう堪らず、影郎は快感に任せてズンズンと股間を突き上げはじめた。

「アア……、いい気持ちよ……」

今日香が口を離し、淫らに唾液の糸を引きながら熱く囁いた。

彼女の鼻息はあまり匂わないが、口から吐き出される息は白粉に似た甘い刺激を含み、ほぼマリーの再現した通りの匂いだったが、マリーよりも濃厚に胸に沁み込んできた。

いったん股間を突き上げると、あまりの快感に動きが止まらなくなり、今日香も合わせて腰を遣いはじめた。

次第に互いの動きがリズミカルに一致し、滑らかに愛液が擦られて、クチュクチュと湿った音が聞こえてきた。

そして溢れた分が陰嚢の脇を伝い流れ、彼の肛門まで生温かく濡らした。

「いきそう、しゃぶって……」

顔を引き寄せて言うと、今日香もすぐに舌を這わせて影郎の鼻の穴を舐め回してくれ、たちまち彼は唾液のヌメリと吐息の刺激に昇り詰めてしまった。

「く……！」

大きな絶頂の快感に激しく全身を貫かれ、彼は呻きながら熱い大量のザーメンをドクンドクンと勢いよくほとばしらせた。

「も、もっと……、アアーッ……！」

噴出を感じた途端、今日香も声を上ずらせて喘ぎ、ガクガクと狂おしい痙攣を開始した。どうやら、本格的なオルガスムスに達してしまったようだ。

膣内の収縮と潤いが増し、何やら影郎は全身が吸い込まれそうな快感に見舞われた。

「ああ、気持ちいい……」

彼は声を洩らし、激しく股間を突き上げながら摩擦快感を嚙み締め、心置きなく最後の一滴まで出し尽くしていった。

深い満足に包まれながら、徐々に突き上げを弱めていくと、あらためて生身の美熟女と初体験した感激と実感が湧き上がってきた。

こんなにすんなりさせてくれるのなら、もっと早くアタックすれば良かったと思ったが、それはやはり多少なりとも痩せたのと、マリーにもらった力や未来を知った自信などの、総合的な結果なのだろう。

「アア、良かったわ……」

今日香も満足げに声を洩らし、熟れ肌の強ばりを解いてグッタリともたれかかってきた。

まだ膣内は名残惜しげな収縮が繰り返され、刺激された幹が中でヒクヒクと過敏に震えた。そして影郎は美熟女の重みと温もりを受け止め、かぐわしい吐息を間近に嗅いで胸を満たしながら、うっとりと快感の余韻に浸り込んでいったのだった。

重なったまま呼吸を整えると、やがて今日香がそろそろと身を起こして股間を引き離した。

「シャワー行くわね……」

今日香が言ってベッドを降りたので、影郎も一緒に起きて寝室を出た。

バスルームは、彼の部屋のものと同じ大きさである。

シャワーの湯を浴びると、ようやく今日香もほっとしたようだった。

影郎も股間を洗ったが、湯を弾くように脂の乗った熟れ肌を見ているうち、またすぐにもムクムクとペニスが回復していった。

まあ、年に千回もオナニーしている三十歳が、ようやく初体験をしたのだから一回の射精で気がすむはずもない。

彼は床に座り込み、目の前に今日香を立たせた。

「どうするの……」

「オシッコするところ見てみたい。こうして」

訊かれて、影郎は彼女の片方の足を浮かせてバスタブのふちに乗せ、開いた股間に顔を埋めた。

「まあ、そんな変態だったの？　確かに、普通は舐めないようなところを舐めたりしたから、そうじゃないかと思っていたのだけど……」

今日香は言いながらも、その姿勢を崩しはしなかった。

彼は濡れた茂みに鼻を擦りつけて嗅いだが、もう大部分の匂いは薄れてしまっていた。それでも割れ目を舐めると、すぐにも新たな愛液が溢れ、舌の動きが滑らかになった。

「あう……、本当にしてほしいの……？」

今日香が呻き、ガクガクと膝を震わせた。

「ええ、どうか」

「顔にかかるわ……、アア、出ちゃいそう……」

尿意も高まっていたか、刺激に彼女は息を弾ませた。

なおも舐め回していると、膣内の柔肉が迫り出すように盛り上がり、味わいと温もりが変化した。

「あう、出る、離れて……！」

今日香が息を詰めて言ったが、もちろん影郎は豊満な腰を抱えて顔を埋め込んでいた。すると同時に熱い流れがチョロチョロとほとばしり、彼の口に飛び込んできた。

「アア……、ダメ……」

彼女が声を上げて腰をよじるので、温かな流れが揺らいで顔にかかった。

味も匂いも実に淡く上品なもので、喉に流し込むにも抵抗が無かった。

こればかりは、マリーではなく生身の女性でないと出来ないことだろう。マリーも排泄するだろうが、成分が違いそうだ。

否応なく勢いが増してくると口から溢れた分が胸から腹まで温かく伝い流れ、すっかり回復したペニスが心地よく浸された。

やがて急に勢いが衰えると、やがて流れは治まってしまった。

彼はポタポタと滴《したた》る余りの雫をすすり、残り香の中で割れ目内部を舐め回すと新たな愛液が溢れてきた。

「も、もうダメよ……」

感じてきた今日香が言い、ビクッと腰を引き離して座り込んでしまった。

二人はもう一度シャワーを浴び、身体を拭いて全裸のままベッドに戻った。

どうやら今日香も、もう一度してくれるつもりになっているようだ。

「ね、こんなに勃っちゃった……」

甘えるように股間を突き出して言うと、

「今度は上になってみなさい。受け身ばっかりに慣れたらいけないわ」

彼女は言いながら、仰向けになって熟れ肌を投げ出してくれた。

影郎は身を起こして、挿入の前に再び彼女の股間に顔を埋め込んだ。

割れ目を舐め、脚を浮かせて肛門を貪ると、やがて唾液に濡れた蕾に左手の人差し指を浅く潜り込ませ、膣口にも右手の人差し指を差し入れた。

前からしてみたかったことを、順々にするつもりである。

「アア……、いい気持ち……、前に入れるのは指を二本にして……」

興奮の高まりとともに、今日香も息を弾ませてせがんできた。

影郎は二本の指を膣口に入れ、小刻みに内壁を擦りながらクリトリスに吸い付いた。

「あう、いいわ……」

今日香が声を上げ、前後の穴できつく指を締め付けてきた。

彼も夢中でクリトリスを舐めながら、それぞれの穴に入れた指で摩擦を続け、特に二本の指の腹で膣内の天井を執拗に擦った。

「い、いきそうよ、お願い、入れて……！」

今日香が高まりながら声を洩らし、白い下腹をヒクヒクと波打たせた。

やがて彼は舌を引っ込めて顔を上げ、前後の穴からヌルッと指を引き抜いた。

二本の指は攪拌《かくはん》されて白っぽく濁った愛液にまみれ、湯気の立つ指の間には膜が張るほどで、指の腹は湯上がりのようにふやけてシワになっていた。

肛門に入っていた指に汚れの付着はなく、爪にも曇りはなかったが生々しい微香が感じられた。

「ね、入れる前に唾で濡らして」

影郎は言って身を起こし、

「失礼、跨ぎますよ」

巨乳に跨がり、彼女の鼻先に勃起した先端を突き付けた。

すると今日香は両手で幹を巨乳の谷間に挟み、両側から揉みながら顔を上げ、チロチロと亀頭を舐め回してくれた。

3

「ああ、温かくて柔らかい……」

影郎は、強烈なパイズリに喘ぎ、蠢く舌のヌメリにゾクゾクと高まった。

さらに前屈みになると、今日香もスッポリとペニスを含んで吸い付き、下から熱い息を弾ませながら舌をからめてくれた。

充分に高まった影郎が引き抜き、陰嚢を押し付けると、彼女はそこも念入りに舐め回してくれた。

「ね、ここも少しでいいから舐めて。綺麗に洗ったので」

彼は言い、完全に今日香の顔にしゃがみ込んでしまった。

すると彼女も厭わずにチロチロと肛門を舐めてくれ、自分がされたように舌をヌルッと浅く潜り込ませてくれた。

「あう……」

影郎は妖しい快感に呻きながら、味わうようにモグモグと肛門で今日香の舌先を締め付けた。

やがて前も後ろも充分に舐めてもらうと、ようやく彼は股間を引き離して今日香の下半身へと移動していった。

「ね、後ろから入れてみたい」

言うと彼女も、素直にうつ伏せになり、四つん這いで白く豊満な尻を突き出してくれた。彼も膝を突いて股間を進め、バックからゆっくりと膣口に挿入していった。

ヌルヌルッと根元まで押し込むと、

「アアッ……！」

今日香が白い背中を反らせ、顔を伏せて喘いだ。

影郎は身を起こしたまま腰を抱え、潤いと締め付けを味わった。

股間にピッタリと密着して弾む尻の感触が、何とも心地よかった。

これがバックスタイルの醍醐味なのだろう。

彼は今日香の背に覆いかぶさり、両脇から回した手で巨乳を揉み、ズンズンと股間を突き動かしはじめた。

「く……、いいわ……」

今日香が、締め付けと潤いを増して呻いた。

しかし心地よいが、やはり喘ぐ顔が見えないし、唾液や吐息が貰えないのは物足りなかった。

影郎はバックの感触を試しただけで、身を起こしてヌルッと引き抜いた。

「あう……」

快楽を中断された今日香が不満げに声を洩らし、支えを失ったようにゴロリと横になった。

彼は、今日香が横になったまま上の脚を持ち上げ、下の内腿に跨がって松葉くずしの体位で再び挿入していった。

「アア……」

すぐにも快楽の火が点いたように彼女が喘ぎ、キュッと締め付けてきた。

影郎は彼女の上の脚に両手でしがみつき、腰を動かしはじめた。

互いの股間が交差しているので密着感が高まり、しかも膣内の感触以上に、擦れ合う内腿の感触が心地よかった。

そして彼は、この体位を味わってから動きを停め、また引き抜いていった。

さっき女上位で強烈に果てたので、今は少々動いても暴発の気配はなかった。

やがて今日香を仰向けにさせると、彼は股を開かせて股間を進め、ラストは正常位で締めくくるつもりだった。

すっかり愛液が大洪水になっている割れ目に、ヌルヌルッと一気に根元まで挿入していくと、

「アア、もう抜かないで……」

今日香が熱く喘ぎ、両手を伸ばして彼を抱き寄せてきた。

影郎も脚を伸ばして身を重ねていくと、胸の下で押し潰れた巨乳がクッションのように心地よく弾んだ。

彼女が両手でしがみつき、唇を求めてきたので影郎も重ね合わせ、ネットリと

舌をからみつけた。

「ンン……」

今日香が熱く呻き、彼の舌に吸い付きながら、待ち切れないようにズンズンと股間を突き上げはじめた。

影郎も合わせて腰を突き動かし、何とも心地よい肉襞の摩擦と締め付けに高まっていった。

「アア、い、いきそうよ、もっと強く、奥まで……！」

今日香が口を離して仰け反り、熱く喘ぎながら収縮を増した。

白粉臭の吐息に刺激され、影郎も急激に高まり、股間をぶつけるように激しい律動を繰り返した。

すると、先に彼女がオルガスムスに達してしまったようだ。

「い、いっちゃう……、アアーッ……！」

身を弓なりに反らせて喘ぎ、ガクガクと狂おしく腰を跳ね上げた。その勢いと収縮に巻き込まれるように、続いて影郎も激しく昇り詰めてしまった。

「く……！」

彼は快感に呻き、ありったけの熱いザーメンをドクンドクンと注入した。

「あう！」

噴出を感じ、彼女は駄目押しの快感に呻きながら締め付けを強めた。

あとは声もなくヒクヒクと痙攣し、彼は遠慮無く体重を預けて最後の一滴まで出し尽くしていった。

動きを停めてもたれかかると、

「ああ……」

今日香も力を抜いて喘ぎ、グッタリと四肢を投げ出した。

締め付けの中で過敏にヒクヒクと幹を跳ね上げると、

「も、もうダメ……」

彼女も敏感になっているように言い、キュッときつく締め付けた。

影郎は熟れ肌に身を預け、彼女の熱く湿り気ある吐息を胸いっぱいに嗅ぎながら、うっとりと余韻を味わったのだった……。

4

「今夜の寿司は、未来の僕のリクエストなんだね？」

影郎は、高級寿司屋でマリーとカウンターに並び、中トロやウニなどを順々に頼みながら訊いた。

今日の昼は、ラーメン屋で、久々にインスタントでないものを食って満足したが、やはり夕食の寿司は格別だった。しかも最初はビールを飲み、今は日本酒もちびちびやっている。

全く飲めないわけではなく、学生時代は友人と集まると飲んでいたものだ。ただ社員寮に入ってからは、飲む習慣が身につかなかっただけである。

「ええ、これが今後のリスト」

マリーも少し握り寿司をつまみながら言い、メモを差し出してきた。

彼女も少しは通常の食事をし、栄養分を吸収し尽くしてから、ほんの少し大小の排泄をするらしい。

メモを見ると、サーロインステーキ、土瓶蒸し、カツ丼、カレーライス、餃子に焼き肉、すき焼きにしゃぶしゃぶなど、八十歳の自分が食いたくて食えない献立が列記されていた。

「お昼のラーメンは良いとして、朝のハンバーグ定食なんかは好みじゃないそうだわ」

マリーが言う。やはり自分は、ファミレス系よりも大衆食堂や、たまに豪華な肉料理を好んでいるようだ。

「うん、分かった」

「それから、今日香博士との行為は大喜びだったわ」

彼女が言い、もう八十歳の自分は、今日の影郎の体験の記憶を、五十年後の未来で振り返ってバーチャル体験をし、ドライオーガズムを得たようだった。

「それで僕は、五十年後まで童貞だったの？」

「人とはしていないわ。私をはじめ、何人かのクローンとしただけ」

「でも、数年後には彗星に名前を付けて有名になったんだろう。それならモテるだろうに」

「何しろ忙しくなったの。記憶を映像化するプレジャーマシンの研究で」

「なるほど、童貞ならではの夢の機械だしね。でも、ろくな体験もないなら持ち腐れだろうに」

「初のオナニーの快感とか、好きな子の下着を嗅いだ時の記憶とか、実際のセックス以外にも多くの感激と快感があったでしょうから」

マリーが、板さんに聞こえないように囁いた。

「なるほど」

「それに、死者の脳の記憶も映像化できるので、多くの迷宮入り事件の解明にも役立ったから、警察からも引っ張りだこだったのよ」

「そう、自分を殺す顔が再生できるなら、犯人も逃げようがないね」

「しかも、私のような変身可能なアンドロイドも開発したし」

確かに、マリーは姿形だけでなく、本人のデータから感触や匂いまで、ほぼ完璧に再現できるのだから、アイドル好きな若者には堪らないだろう。

もっとも、それだけ未来は女性の人口も極端に減るから、それらは必需品になっているに違いない。

今日もマリーは清楚な衣装でメイクもしているから、板さんや職人たちが何かとチラチラと彼女の方を見ていた。

「夢の食と性か……」

影郎は言い、酒の残りを飲み干した。もう握り寿司も三十貫ばかり食ったので充分だった。

やがてカードで支払いを終えると二人で部屋に戻り、影郎は全裸になってバスルームに入った。

またマリーの吐き出す薬効成分の粘液を飲み、上から下から不要物を出し尽くした。食ったばかりで勿体ないが、まだまだ平均体重よりずっと重いのだから仕方がない。

それでも今日の分を出しきると、また体重が十キロばかり減ってすっきりしていた。そしてシャワーを浴び、身体を拭いてベッドに戻った。

「これで八十キロぐらいかな」

「ええ、明日の日曜の晩にまた出せば、ほぼ平均体重になるわね」

「月曜にセンターへ行ったら、みんな変に思うんじゃないかな」

「急にダイエット効果が出たと言えば大丈夫でしょう。でも運動もしないと。こうして」

マリーは言い、彼をベッドに仰向けにさせ、その膝に跨がって座った。

しかも彼の上半身はベッドの外へはみ出しているから、彼女の重しがなければ転げ落ちるだろう。

「さあ、しっかり体を水平にして、両手を横に伸ばして。五分でいいから」

言われるまま、影郎は両手を左右に伸ばし、懸命に腹筋を使って上体を水平に保たせた。

するとマリーが操縦桿ならぬ、勃起したペニスを握って上下に動かしたのだ。

それと一緒に、彼の上体も下へ上へと操られた。

「うう、苦しい……」

「今度は左右よ」

マリーが操縦桿を左右に倒すたび、彼も浮いた上体を左右に捻った。

「も、もうダメだ……」

「まだ一分も経っていないわ。そうだ、好きな女に変身してあげる。五分堪えたら、うんと好きにしていいから」

マリーの言葉で、影郎は急に元気になった。

「じゃアイドルの広瀬《ひろせ》さとみが、二日間入浴と歯磨きしていない状態に……」

「まあ……」

言うと彼女は呆れながらも、一瞬でデータを確認し、彼の希望通りの状態に変身してくれた。

見ると、彼の膝に跨がって体を支えているのは、全裸の広瀬さとみである。

「さあ、しっかり動いて！」

さとみの声で、彼女がきつく言って操縦桿を上下左右に倒した。

彼も懸命に、それに合わせて上体を上下左右に動かし、何とか脱力せず飛行機にでもなったように上昇に下降、右旋回に左旋回を五分間堪え続けたのだった。

「頑張ったわね」

さとみが影郎の手を引いて起こしてくれ、彼は息を切らして大の字になった。

五分とはいえ、こんなに運動したのは高校時代の体育の授業以来だった。

「ああ、腹が、攣《つ》りそう……」

影郎はヒイヒイ喘ぎながら言った。

すると彼女は、いきなり屈み込んで半萎えになったペニスをしゃぶり、唾液にまみれさせながら舌をからめてくれた。

「ああ、気持ちいい……」

股間を見ると、画面でしか見たことのないさとみが大胆におしゃぶりし、彼はたちまち最大限に勃起していった。

「い、いっちゃうといけないから、こっちを跨いで……」

急激に高まった彼は、さとみの手を引いて言った。

すると彼女も素直に前進し、大胆にも和式トイレスタイルで彼の顔に跨がってくれたのだ。

スラリとした脚がM字になると、脹ら脛と内腿がムッチリと張り詰め、湿り気を帯びた股間が鼻先に迫ってきた。

割れ目からは、濡れはじめたピンクの陰唇が縦長のハート型にはみ出し、光沢あるクリトリスも覗いていた。

いったい何万人のファンが、彼女のこの部分を妄想していることだろう。

腰を抱き寄せて柔らかな茂みに鼻を埋め込んで嗅ぐと、熱気と湿り気が鼻腔を掻き回してきた。これほどの美女でも、やはり丸二日間シャワーも浴びないと、汗とオシッコと蒸れたチーズ臭が濃厚に沁み付くのだ。

影郎は刺激に噎《む》せ返り、激しく興奮しながら舌を這わせた。

熱く濡れた膣口の襞を掻き回し、ツンと突き立ったクリトリスまで舐め上げていくと、

「あう、いい気持ち……」

さとみが呻き、思わずギュッと座り込みながら声を洩らした。

チロチロとクリトリスを刺激すると潤いが増し、彼は濃い匂いと味を堪能すると、尻の真下にも潜り込んだ。

形良く張りのある双丘を顔全体に受けながら谷間の蕾に鼻を埋めて嗅ぐと、こ

こにも蒸れた匂いが生々しく沁み付いていた。

いかにシャワートイレを使おうと、丸二日のうちには気体も漏れ、ナマの匂いが充分に籠もっているのである。

影郎は美女の恥ずかしい匂いを貪り、舌を這わせてヌルッと潜り込ませ、うっすらと甘苦い粘膜を探った。

「く……、変な気持ち……」

さとみが呻き、キュッキュッと肛門で舌先を締め付けてきた。

「あ、足の裏も……」

股間の前と後ろを存分に味わうと、彼は言ってさとみの足首を摑んで顔に引き寄せた。形良い足裏を舐め回し、指の股に鼻を埋め込むと、これもムレムレになった匂いが濃厚に沁み付いていた。

まるで高校時代、こっそり運動部の女子の上履きやスニーカーを嗅いだ時の匂いを思い出したものだ。

爪先にしゃぶり付き、両足とも全ての指の股に舌を割り込ませ、汗と脂の湿り気を貪り尽くした。

「あうう、もうダメ……」

さとみがヒクヒクと震えて呻き、足を引っ込めてしまった。

そして自分から、仰向けの彼の股間に跨がると、幹に指を添えて先端に割れ目を当て、ゆっくりと座り込んできたのだった。

勃起したペニスが、ヌルヌルッと滑らかに根元まで呑み込まれ、さとみはピッタリと股間を密着させてきた。

膣内の感触も締め付けも、全てマリーが分析したさとみ本人に近いものになっているのだろう。

「アア……、すごいわ……」

さとみが顔を仰け反らせて喘ぎ、密着した股間をグリグリと擦り付け、味わうような収縮を繰り返した。

両手を伸ばして抱き寄せると、彼女も身を重ねてきた。

彼は両膝を立てて下からしがみつくと、潜り込むようにして乳首に吸い付いていった。

顔に張りのある膨らみが密着し、甘ったるい体臭が鼻腔を刺激してきた。

影郎は左右の乳首を交互に含んで舐め回し、充分に膨らみを味わってから、さとみの腋の下に鼻を埋め込んでいった。

スベスベのそこは生ぬるくジットリと湿り、濃厚に甘ったるい汗の匂いが沁み付いていた。

彼はアイドルの体臭でうっとりと胸を満たし、さらに首筋を舐め上げながら唇を重ねていった。

形良いぷっくりした唇が押し潰れ、舌を挿し入れて滑らかな歯並びを舐めるとさとみもネットリと舌をからめてくれた。生温かな唾液に濡れて蠢く舌を味わいながら、徐々に股間を突き上げはじめると、

「ああッ……！」

さとみが口を離し、顔を仰け反らせて喘いだ。その開いた口に鼻を押し込んで嗅ぐと、女らしい甘い匂いに、オニオンに似た刺激も混じって悩ましく鼻腔を掻き回してきた。

美女でもこのような匂いになるのかと、彼は一種のギャップ萌えにゾクゾクと高まり、突き上げを強めていった。

「唾を垂らして」

言うと、さとみも唇をすぼめ、クチュッと唾液の固まりを吐き出してくれた。

さすがに、この成分はマリーのものだろうが、それを舌に受けて味わい、喉を

潤しながら動き続けた。

「顔にもペッて吐きかけて……」

言うと、さとみも唇に唾液を溜めて迫り、勢いよくペッと吐きかけてくれた。

濃厚な息の匂いとともに、生温かな唾液の固まりがピチャッと鼻筋を濡らし、頬の丸みを流れていった。

「ああ、いきそう……、もっと顔じゅうヌルヌルにして……」

影郎が高まって言いながら突き上げを強めると、さとみも舌を這わせ、というより吐き出した唾液を顔中に塗り付けてくれた。息と唾液の匂いに酔いしれ、顔がヌルヌルまみれになりながら絶頂を迫らせると、

「アア、いっちゃう……」

さとみが熱く喘ぎながら腰を遣い、彼も心地よい摩擦と吐息の匂いに高まり、あっという間に絶頂に達してしまった。

「あう、気持ちいい……」

影郎は呻きながら、ドクドクと勢いよく射精すると、

「いく……、アアーッ……」

噴出を受けたさとみも声を上げ、ガクガクと狂おしい痙攣を開始した。

彼は心ゆくまで快感を嚙み締め、最後の一滴まで出し尽くして突き上げを弱めていった。

「ああ……」

さとみも声を洩らし、グッタリともたれかかってきたが、徐々にその顔はマリーのものに戻っていった。

マリーも息を弾ませ、たったいまオルガスムスを得たような感じだった。

「あ、呆れてない？　変態ぽくて……」

影郎が顔を唾液パックされながら、息を弾ませて訊くと、

「ううん、未来の博士もこのようなものだから」

マリーが答え、そのまま影郎はうっとりと余韻を味わったのだった。

5

「うわ、朝からステーキか。豪華だね……」

翌朝、影郎が起きるとマリーが朝食の仕度を終えたところだった。エプロン姿が、可憐な新妻のようである。

彼はトイレと洗顔をすませてから食卓に就き、焼きたての肉を頬張った。マリーは超一流のシェフのデータを取り入れているから、料理の腕も最上だった。

「とにかく博士は、あまり私を抱かないようにって。そんな元気があるなら生身の女性にアタックしろって言っていたわ」

「そんなら、自分がタイムマシンでここへ来て、実際に生身を抱けばいいのに」

影郎はステーキとサラダまで食い終えて言い、マリーの淹れてくれたコーヒーをブラックですすった。

「人はまだ時間旅行の許可が下りないの。命令をインプットされて、申請の通った忠実なクローンだけ」

「そうか、無理もないね。誰でも戻れたら、好き勝手に未来を変えてしまう」

影郎は納得し、コーヒーを飲み干した。

そしていつものように、彼はマリーから彗星の軌道やバーチャル、人間工学や脳科学の講義を受けた。

彼女の授業は実に分かりやすく、しかも額同士をくっつければ難なく知識が流れ込んでくる。

そして三時間ほどで、午前中の勉強を終えた。

「さあ、外へ出てナンパでもしてきて」

「ううん、あんまり気が進まないなあ……」

言われて、影郎はぐずぐずと答えた。

以前から休日など、最小限の買い物以外の外出はしていないのだ。もっぱら撮りためたビデオを観たり、ネットサーフィンやオナニーしか興味がなかったのである。

ナンパなどするより、マリーにいろんな美女に変身してもらってセックスする方が楽だった。

しかし、それでは未来の自分が納得しない。

ましてマリーは自分が開発したアンドロイドであり、すでに何度も抱いているのだろう。

それに影郎自身も、マリーがどんな美女に変身しようともアンドロイドであることを徐々に意識しはじめていたのだ。オルガスムスだって、インプットされた反応を示しているだけかも知れないし、ここはやはり生身にチャレンジするべきなのだろう。

「ちなみに、今日香博士や亜利沙ちゃんは、五十年後にはどんなふうになっているの？」

「人の未来のことは打ち明けられないわ」

「そうか、そうだろうと思った。じゃ仕方ないから出かけてくるか」

「ええ、服も買うといいわ。今夜また十キロ瘦せて七十キロの平均体重になるから、いま持っているものはブカブカになるわ」

そういえばズボンがゆるく、きつくベルトを締めないとズリ落ちそうになっていた。

「うん、分かった。じゃ行ってくる」

靴や靴下、下着やブルゾンは冬になる前に買ったばかりだから、シャツとズボンだけでも買おうと思い、やがて影郎は社員寮を出た。

そしてショッピングモールに行った。

もう食事はマリーが買い物も調理もしてくれるから、インスタントや冷凍食品などを買う必要はない。

旨いものを暴食しても、ちゃんと太らないようにしてくれるし、健康管理もマリーが付いていれば万全だろう。買い物を多くして貯金がなくなれば、また振込んでくれるに違いない。

だからマリーは、優秀な医師であり家政婦であり、銀行であり用心棒であり、変身可能なラブドールなのであった。

本当にマリー一人いれば何の不自由もないのであるが、そこはやはり未来の自分の言いつけどおり、生身の美女と交渉を持たなければならない。

モールのメンズコーナーに向かっていると、今日香の娘である亜利沙が歩いてきた。

「やあ、良ければ服を買う相談に乗ってくれるかな」

「こ、困ります……」

影郎が言うと、亜利沙はナンパでもされたと思ったのか表情を強ばらせた。

「僕だよ、卯月影郎」

自分の顔を指さして言うと、ようやく亜利沙は気づいたように目を丸くした。

寮から女子大へ通っている亜利沙は、たまにバイトで宇宙センターにも出入りしているのだ。

「まあ、卯月さん……、そういえばママが、卯月さんはずいぶん痩せたって言っていたけど……」

水蜜桃のような頬を、ほんのり染めて亜利沙が言った。

冬の陽射しを含んだように髪がふんわりとし、愛くるしい笑窪が可憐である。

ぽっちゃり型で、いずれは今日香のような巨乳になる兆しも窺えるが、彼女は痩せたいと願っているようだ。

「どうやって痩せたんです？」

「青汁とダイエット食品と、菓子とアルコールを抜いて夕食だけ普通に。そして運動と……まあいいや、あとでゆっくり教えるから、服を選ぶのを手伝って。急に痩せたので合う服がほしいんだ」

「ええ、分かったわ」

言うと亜利沙は笑顔で答え、一緒にメンズの店に入った。

そして彼女の選ぶシャツを買い、ズボンを試着して裾上げを頼み、出来上がるまで昼食を摂りに二人でレストランに入った。

「まあ、ダイエット中なのにカツカレーなんか大丈夫？」

「ああ、日曜だけは特別なんだ。あんまり我慢するとストレスになるからね」

彼は答え、未来の自分が喜びそうなポークカツカレーを食べた。亜利沙はパスタにオレンジジュースだ。

「今日香博士は？　一緒に買い物に来なかったの？」

「ママは日帰りの出張で、大学へ講義に行ってるわ」

訊くと亜利沙が答える。

まさか昨日、影郎が自分の母親と濃厚なセックスをしたなど夢にも思っていないだろう。

やはりセンターの主任ともなると忙しく、今日香は週末に二日とも休めることは滅多にないらしい。

「ね、如月さん午後の予定は？　良ければうちへ来て。もっと詳しくダイエットのことを訊きたいので」

亜利沙が言い、彼はドキリと胸を高鳴らせた。

「うん、いいよ。じゃ行こうか」

影郎は興奮を抑えて言い、成り行きに期待した。どうせ今日香は夜まで帰ってこないだろう。

やがて食事と会計をすませると、影郎は裾上げの出来上がったズボンを受け取り、亜利沙と一緒に社員寮へと戻った。

二階にある藤井家に招き入れられると影郎は、昨日は覗かなかった亜利沙の私室に入った。

窓際にシングルベッド、手前に机と本棚。特に男性アイドルを好きでもないらしくポスターなどは貼られていなかった。

そして室内には、十八歳の女子大一年生の体臭が生ぬるく、甘ったるい匂いを含んで立ち籠めていた。

亜利沙はベッドの端に座り、彼には椅子をすすめた。

「で、ストレッチはどんなふうに?」

訊かれたが、マリーに重しになってもらい上半身をベッドからはみ出させて浮かせ、操縦桿に操られることなど言えるわけがない。

それより影郎は、妖しい期待に股間が熱くなってきてしまったのだった。

第三章　桃の匂いの吐息

1

「運動は、腕立てとスクワットだけ、ほんの五分ぐらいだよ。しないより少しましという程度で無理はしないんだ」

影郎は、可憐な亜利沙を見つめて言った。

「あとは……、こんなこと未成年に言っていいのかな……」

彼が、ムクムクと勃起しながら言いかけると、

「何？　聞かせて下さい」

亜利沙は好奇心いっぱいに身を乗り出して訊いてきた。

「うん、もう大学生なんだから構わないだろう。男の射精の仕組みは知っているよね？　それは相当なエネルギーを使うから、なるべく多く抜くようにしているんだよ。日に二回か三回」

「聞いたことがあります。彼氏のいるお友達が言ってました。セックスは疲れるけど、自分でするのは右手だけだから楽だって」

「相手がいるのに贅沢な奴だ……。でも、結局は右手だけでなくて全身の運動と同じなんだ」

「そう……」

「亜利沙ちゃんも、自分ですることはあるだろう？」

「え、ええ……」

彼女も、モジモジと頷いた。家に男と二人きりで、それなりに胸をときめかせているに違いなかった。もちろん影郎への恋心などではなく、単なる好奇心であろう。

「どんなことを考えてするの？　好きな男のこととか？」

「何も考えないわ。好きな人なんていないから、眠れない時、自然に……」

いつしか亜利沙の頰がピンクに染まり、甘ったるい匂いが濃く漂ってきた。

「僕としてみる？　全身運動を」

影郎は、胸を高鳴らせながら思いきって言ってしまった。

やはり今までの自分とは違い、マリーや今日香としたことが大いなる自信になっているのだろう。

もちろん拒まれれば、冗談めかしてすませるつもりだった。

しかし亜利沙は、俯いて深刻そうに考え込んでしまった。

「あ、ごめんね、驚かせて」

「ううん、先輩からピルをもらって飲んでるけど、早く体験しなさいって言われているんです」

亜利沙が言い、影郎は痛いほど股間が突っ張ってきてしまった。

（わあ、中出しして大丈夫なんだ……）

彼は思い、亜利沙もこうした話題を嫌がっていないので、ここは自分から積極的にならなければいけないと思った。

椅子から立ち、そっと彼女の隣に座って肩を抱き、緊張しながら顔を迫らせていくと、亜利沙も顔を寄せて、長い睫毛を伏せてくれた。

唇を触れ合わせると、彼女がピクンと反応し、熱い鼻息がかぐわしく鼻腔を湿らせてきた。

美少女の唇はグミ感覚の弾力を持ち、間近に迫る頬は、やはり水蜜桃のように産毛が輝いていた。

そろそろと舌を挿し入れて、ぷっくりした唇の内側の湿り気を味わい、滑らかな歯並びを舐めると、彼女の歯が怖《お》ず怖ずと開かれて侵入を許してくれた。

舌をからめると、亜利沙の舌は一瞬引っ込みそうになったが、やがて触れ合って遊んでくれるようにチロチロと蠢いた。

温かな唾液に濡れた舌は何とも美味しく、彼は執拗に舐め回してはヌメリを吸収した。

すると、息苦しくなったように亜利沙が唇を離してきた。

息が弾み、すっかり朦朧となっているようだ。

「キスしたの初めて?」

訊くと、彼女が小さくこっくりする。

「じゃ、全部脱いでしまおうか」

影郎は言い、亜利沙のブラウスのボタンに手をかけて外すと、すぐに途中から彼女が自分で脱ぎはじめていった。

影郎も安心して手を離し、自分も手早く全て脱ぎ去っていった。

彼女は立ち上がって、もうためらいなく脱いでいるので、先に全裸になった影郎はベッドに横たわった。

やはり枕には悩ましい匂いが濃く沁み付き、思春期の夢のかけらが散らばっているような気がした。

亜利沙も最後の一枚を脱ぎ去り、一糸まとわぬ姿になって向き直ると、急いで添い寝してきた。

「ああ、嬉しい……」

影郎は感極まって言い、美少女に甘えるように腕枕してもらった。

やはり美熟女の今日香による手ほどきと違い、無垢な美少女に初めて触れる男が自分というのは、何とも誇らしい気持ちになるものだった。

とにかく生身に触れる二人目で、親子丼《どんぶり》というのも恵まれている。

腋の下に鼻を埋め込むと、そこは生ぬるくジットリと湿り、甘ったるいミルクに似た汗の匂いが籠もっていた。

うっとりと胸を満たしながら舌を這わせると、

「あう……」

亜利沙は呻き、くすぐったそうにビクリと身を強ばらせ、彼の顔を脇に抱え込んだ。

嗅ぎながら見ると、目の前ではお椀を伏せたような形良い膨らみが息づき、さすがに乳首や乳輪は初々しい桜色をしていた。

顔を移動させて、薄桃色の乳首にチュッと吸い付いて舌で転がし、もう片方も指で探りながら、処女の膨らみを顔じゅうで味わうと、

「あん……！」

亜利沙がビクッと反応しながら熱く喘ぎ、クネクネと身悶えはじめ、さらに新鮮な体臭を揺らめかせた。

（ああ、処女の肌……）

影郎は感激と興奮に包まれながら、美少女の左右の乳首を味わい、やがて無垢な肌を舐め降りていった。

肌は実にスベスベで、彼は愛らしい縦長の臍を探り、張り詰めた下腹に耳を押し当てて弾力を味わうと、微かに昼食の消化音が聞こえ、これはマリーからは感じられないものだった。

そして腰からYの字の水着線に舌を這わせると、

「あう、ダメ……」

亜利沙がくすぐったそうに呻いて身をよじった。

影郎は脚を舐め降りて足首までたどり、足裏に回り込んで舌を這わせ、縮こまった指の間に鼻を押し付けて嗅ぐと、そこは汗と脂に生ぬるく湿ってムレムレの匂いが沁み付いていた。

彼は美少女の足の匂いを貪り、爪先にしゃぶり付いて順々に指の股にヌルッと舌を割り込ませて味わった。

「アァッ……!」

亜利沙は腰をよじり、少しもじっとしていられないようにもがいた。

それでも彼は全ての指の股を貪り尽くすと、大股開きにさせて脚の内側を舐め上げていった。

そしてムッチリした白い内腿に舌を這わせ、熱気の籠もる股間に迫った。

見ると、ぷっくりした丘には楚々とした若草がひとつまみほど煙り、丸みを帯びた割れ目からはみ出すピンクの花びらが、うっすらと蜜を宿して清らかに潤っていた。

そっと指を当てて陰唇を左右に広げると、処女の膣口はひっそりと濡れて息づき、小さな尿道口も見え、包皮の下からは小粒のクリトリスが光沢を放つ顔を覗かせていた。

堪らずに顔を埋め込むと、柔らかな恥毛には甘ったるい汗の匂いが籠もり、それにほのかなオシッコの匂いと、恥垢の淡いチーズ臭も混じって鼻腔を悩ましく刺激してきた。

胸を満たしながら舌を挿し入れ、淡い酸味の蜜を探って、膣口からクリトリスまで舐め上げていくと、

「あう、すごい……」

亜利沙も呻きながら、いつしか羞恥を越えて、自分でするよりずっと心地よい感覚を受け止めはじめたようだ。

チロチロと舌先を上下左右に蠢かせて刺激すると、格段に潤いが増し、白い下腹がヒクヒクと小刻みに波打って、内腿がきつく彼の両頬を挟み付けてきた。

充分に味と匂いを貪ってから彼女の両脚を浮かせてオシメスタイルにさせ、白く丸い尻の谷間に迫った。

双丘を広げると、薄桃色の可憐な蕾がひっそり閉じられ、鼻を埋めて嗅ぐと蒸れた匂いが鼻腔をくすぐった。

充分に嗅いでから舌を這わせ、ヌルッと潜り込ませて滑らかな粘膜を探ると、

「く……、ダメ……」

亜利沙が呻き、キュッときつく肛門で舌先を締め付けてきた。

影郎は舌を蠢かせ手から脚を下ろし、再び濡れた割れ目に戻って清らかな蜜をすすり、クリトリスに吸い付き、処女の膣口に指を挿し入れていった。

2

「い、いっちゃう……、アアッ……！」

指で膣内を探りながらクリトリスを舐め続けると、たちまち亜利沙は声を上ずらせ、ヒクヒクと痙攣を起こしはじめた。

どうやら小さなオルガスムスの波が押し寄せてきたらしい。

その波が治まらないうち、影郎は指と舌を離して身を起こし、股間を進めていった。

先端を割れ目に押し当て、ヌメリを与えながら位置を定めると、ゆっくり挿入していった。

張り詰めた亀頭が潜り込むと、あとは潤いに助けられ、ヌルヌルッと根元まで嵌まり込んだが、さすがに今日香よりずっときつく、内部は熱いほどの温もりに満ちていた。

「あう……！」

亜利沙が眉をひそめて呻き、身を強ばらせた。

とうとう一回りも年下の処女を攻略してしまい、彼は大きな感激と快感に包まれた。

肉襞の摩擦も潤いも締め付けも、実に今日香以上に新鮮だった。

影郎は温もりと感触を味わいながら股間を密着させ、脚を伸ばして身を重ねていった。

胸の下では張りのある乳房が押し潰れて心地よく弾み、亜利沙も下から両手を回してきつくしがみついてきた。

「痛い？　大丈夫？」

気遣って囁くと、亜利沙が健気《けなげ》に小さく頷いた。

じっとしていても、息づくような収縮が、異物を確かめるようにキュッキュッと続き、影郎も我慢できず腰を動かしはじめた。

様子を見ながら小刻みに突き動かすと、締まりはきついが、母親に似て潤いが充分なので、すぐにも律動が滑らかになっていった。

いったん動くと気遣いも吹き飛び、あまりの快感に腰が停まらなくなってしまった。

「ああ……、奥が、熱いわ……」

亜利沙が顔を仰け反らせて喘いだ。

美少女の口から吐き出される熱い息は湿り気を含み、パスタの名残のガーリック臭も淡く、大部分は桃の実でも食べた直後のように甘酸っぱく可愛らしい匂いだった。

「ああ、いい匂い……」

影郎は美少女の息の匂いに酔いしれ、彼女の口に鼻を押し込んで濃厚な果実臭を貪りながら、徐々に動きを強めていった。

どうせ初回から彼女もオルガスムスに達することはないだろうから、長引かせることもない。

動き続けると、たちまち締め付けと摩擦に包まれ、彼は亜利沙の吐息で胸を満たしながら、あっという間に昇り詰めてしまった。

「い、いく……!」

突き上がる大きな絶頂の快感に口走り、彼は熱い大量のザーメンをドクンドクンと勢いよく中にほとばしらせた。

「あう……」

噴出を感じたか、亜利沙が呻いてキュッと締め付けた。もう破瓜の痛みは麻痺したようで、あとは嵐が過ぎ去るのを待つばかりだろう。

それに、もう大学一年生なのだから、初回が痛いことぐらい聞いているだろうし、それよりもようやく初体験したことにほっとしているようだった。

影郎は気遣いを忘れ、股間をぶつけるように動かしながら快感を味わい、心置きなく最後の一滴まで出し尽くしてしまった。

満足しながら動きを弱め、力を抜いていくと、

「ああ……」

亜利沙も声を洩らし、肌の強ばりを解きながらグッタリと四肢を投げ出していった。

まだ膣内は息づき、その刺激にペニスがヒクヒクと過敏に震えた。

そして彼は、美少女のかぐわしい桃息を嗅ぎながら余韻を味わった。

呼吸を整えると、影郎は身を起こし、そろそろと股間を引き離していった。覗き込むと、陰唇が痛々しくめくれ、膣口から逆流するザーメンにほんの少量鮮血が混じっていたが、すでに止まっているようだ。

「起きられるかな」

ティッシュで拭くより、すぐバスルームへ行こうと言って引き起こすと、亜利沙も懸命にベッドを降りた。

まだ異物感が残るようにフラつく彼女を支え、バスルームに入ってシャワーの湯を出し、互いの股間を洗い流すと、彼女も力を抜いて椅子に座った。後悔している様子もなく、影郎は安心したものだ。

そうなると、またすぐにも彼自身がムクムクと回復してきた。

「ね、ここに立って」

影郎は床に座り、目の前に亜利沙を立たせて言った。そして片方の足を浮かせてバスタブのふちに乗せ、開いた股間に顔を埋めた。

もう恥毛に籠もっていた匂いの大部分は薄れてしまったが、舐めると新たな蜜が湧き出て舌の動きが滑らかになった。

「アア……」

亜利沙が喘ぎ、ガクガクと膝を震わせた。

「ね、オシッコ出して」

「ええっ……？　そんなこと……」

「少しでいいから」

腰を抱え込んで言うと、亜利沙もフラつく身体を支えるように、両手を彼の頭に乗せた。まだ朦朧とし、羞恥よりも徐々に尿意が高まっていたのか、彼女はじっと息を詰めていた。

舐め回していると割れ目内部の柔肉が蠢き、やがて味わいと温もりが変化してきた。

「あう……、出ちゃう……」

亜利沙が息を詰めて言い、同時にチョロッと熱い流れがほとばしった。

いったん出てしまうと、もう止めようもなくすぐにもチョロチョロと勢いが付いて流れてきた。

彼はそれを舌に受け、うっとりと喉を潤した。味も匂いも控えめで、今日香の出したもの以上に抵抗なく飲み込めた。しかし、あまり溜まっていなかったようで、口から溢れる前に流れは治まってしまった。

「アア、もうダメ……」

彼が余りの雫をすすって割れ目を舐めると、亜利沙は声を震わせ、クタクタと椅子に座り込んでしまった。

「じゃ、これをお口で可愛がって」

影郎は言ってバスタブのふちに腰を下ろし、彼女の顔の前で両膝を全開にさせてピンピンに突き立ったペニスを突き出した。

亜利沙も熱い視線を這わせ、自分の処女を奪った肉棒にそろそろと指を伸ばして幹に触れてきた。

珍しげに張り詰めた亀頭を撫で、陰囊に触れて睾丸を確認し、袋をつまんで肛門の方まで覗き込んだ。

そして観察を終えると舌を出し、粘液の滲む尿道口をチロチロと舐め、亀頭にもしゃぶり付いてくれた。

「ああ、気持ちいい……」

影郎は美少女の舌の蠢きに声を洩らし、ヒクヒクと幹を上下させた。

彼女もモグモグとたぐるように深く呑み込み、口で幹を締め付け、上気した頬をすぼめて吸い、口の中ではクチュクチュと舌を蠢かせてくれた。

たちまち彼自身は生温かく清らかな唾液にまみれて震え、影郎は亜利沙の顔を両手で挟み、小刻みに前後させた。

濡れた唇がカリ首をスポスポと摩擦し、熱い息が股間に籠もった。

「い、いく、お願い、飲んで……！」

たちまち二度目の絶頂を迎えた彼は、大きな快感に声を上ずらせて言い、同時にドクンドクンとありったけの熱いザーメンを美少女の神聖な口にほとばしらせてしまった。

「ンン……」

喉の奥を直撃されると、亜利沙は微かに眉をひそめて呻き、反射的に歯が触れて実に新鮮な感覚が得られた。

影郎はなおも彼女の顔を前後させて心ゆくまで快感を嚙み締め、最後の一滴まで絞り尽くしてしまった。

ようやく動きを止めて頭から手を離すと、亜利沙は亀頭を含んだまま口に溜まったザーメンをコクンと一息に飲み込んでくれた。

「あう……」

喉が鳴ると同時に口腔が締まり、駄目押しの快感に彼は呻いた。

ようやく亜利沙もチュパッと口を離し、なおも両手で拝むように幹を挟んで動かし、尿道口に膨らむ余りの雫まで、厭わずペロペロと舐めて綺麗にしてくれたのだった。

「く……、も、もういい、ありがとう……」

影郎は荒い息遣いで言ってヒクヒクと過敏に幹を震わせ、やっと彼女の舌が離れると、うっとりと快感の余韻を嚙み締めたのだった。

3

「卯月博士は大喜びだったわ。亜利沙ちゃんの処女を奪って」

夕食の席で、マリーが影郎に言う。それはそうだろう。まだ彼の胸にも、その時の興奮と悦びが残っているのだ。

モールにある料理屋で、今夜は刺身としゃぶしゃぶだ。影郎はビールから酒に切り替え、すっかり料理を堪能していた。

「記憶を映像化するというのは、じゃ見た夢も再生できるのかな」

影郎は食事しながら、未来の自分が発明する機械のことをいろいろ訊いた。

「もちろん出来るけど、夢は再生しない方がいいわね。良いことばかりでなく、それ以上に辛いことや嫌なこと、恐いことがいっぺんに出てきて、見ると変になるわ」

「なるほど、無意識の深層心理だからな、そうかも知れない」

影郎も納得して頷き、胡麻ダレに浸けた霜降り肉を頬張った。

「でも大昔に見たドラマなんかは、一度見ているから細部まで再現できるわね」

「そうか、一度見聞きしたものが何度でも正確に再生できるなら、ＤＶＤ屋は商売あがったりだな」

彼は言い、やがて食事を終えると二人は腹一杯で店を出て、そのまま部屋へと戻った。

「さあ、じゃ減量する前に、今日の運動よ」

マリーが服を脱いで言い、影郎も裸になってベッドに横になり、彼女に下半身を支えられながら上半身を水平にベッドから突き出して浮かせた。

「きょ、今日は、お天気お姉さんの阿部沙弥子《あべさやこ》で……」

彼が言うとマリーは、すぐにも爽やかな朝の顔に変身し、勃起した操縦桿を握った。

「さあ、最初は上昇と下降、次は右旋回に左旋回よ」

沙弥子に変身したマリーが、可憐な声で言う。

何しろ、五十年後のスーパーコンピュータを内蔵しているマリーは、この時代のネットなど簡単に一瞬で閲覧でき、沙弥子のメールやＬＩＮＥ、ツイッターやフェイスブックまで自由に調べられるから、食べたものや性格の細部まで再現できるのである。

「さ、サヤちゃあん……」

飛行機のように両手を広げた影郎は、ペニスの向く方へ体を傾けては戻り、最大限に腹筋を酷使したのだった。

やがて大汗を掻いて運動を終えると、そのままバスルームに行き、沙弥子の顔をしたマリーの吐き出す薬効ある粘液を飲み込んだ。

たちまち影郎は今まで以上に発汗し、上から下から不要な脂肪分を激しく排出したのだった。

苦痛だが、不要物が出ていく感覚は心地よくもあった。

やがて出しきると、影郎は全身を洗い流して口をすすぎ、身体を拭いてベッドに戻った。

これで、三日間で三十キロ以上は減量し、今はほぼ標準体重の七十キロ未満にまでなったのだった。

そして沙弥子の顔と体型をしたマリーを抱き、正確に再現された口臭を嗅ぎ、食べたものから分析されたゲップまで嗅がせてもらった。

と、その時である。

「こら、デブ！　そんなことしてる場合じゃない。大事な話がある！」

突然テレビの画面から、五十年後で八十歳の自分が現れて怒鳴った。

「も、もうデブじゃないですよ。話ならすんでからにして下さい……」

影郎は、渋々沙弥子の顔をしたマリーから離れて画面に答えた。

「時間が無い。そもそもマリーを抱くなと言ってるだろうが」

未来の自分が言うと、マリーも元の姿に戻って服を着た。

「そうだったわ、思い出した」

マリーが言い、急き立てるように影郎に服を投げて寄越した。

「いいか、今夜宇宙センターに爆弾が仕掛けられる。それをマリーと一緒に阻止しろ！」

「い、いいんですか。未来に起こることを言って……」

「構わん。死傷者は出ず小火《ぼや》ですんだが、電気系統がイカレて何日も仕事のロスが出た。それぐらいの変化は大目にみられる」

切迫した口調に、影郎も勃起を抑えて手早く服を着た。

準備が整うと、もう画面は消えており、マリーが彼を促して寮を飛び出した。

「いったい誰が爆弾なんか……」

「狂信的なカルト集団よ。宇宙なんかないっていう、地球空洞説の」

移動しながらマリーが言う。

確か地球空洞説には二種類あり、単に地球の内部が空洞で別の世界があるという説と、もう一つは、この世界は地球と同じ大きさの、内側に開いた空洞というものだ。

つまり地面を掘ればどこまでも無限に土が続き、球体の内部に住む我々は、空の彼方にも地面があり、太陽も地球よりずっと小さい光学現象だというトンデモない説であった。

だから宇宙へ行くなど以ての外、それは神の意志に反するという考えのようである。

寮からセンターへと走ったが、すっかり身体が軽くなって楽だった。

まだ窓のいくつかからは灯りが洩れ、研究者の何人かは休日出勤しているようだが、電気系統のある裏口付近は暗くて無人である。

「裏口に車が。二人、塀を乗り越えて入ってくるわ。黒いジャージ姿。警察へ電話して！」

マリーが闇を透かして見ながら言い、彼より早く現場へと走った。何しろ常人の十倍の能力である。

スマホで通報しながら近づくと、ようやく影郎にも裏口の様子が見えてきた。

犯人の一人は中に入り、塀越しに仲間から荷物を受け取ると、もう一人も塀を乗り越えて敷地に降り立った。

その箱のような荷物が爆弾なのだろう。

影郎が立ち止まって警察を呼んでいる間に、マリーは二人に飛びかかった。

「な、何だ、この女……、ぐえぇ……！」

二人が奇声を発し、マリーは苦もなく押さえつけて肩を脱臼させ、爆弾の入った荷物を脇に置いた。

先日は不良を三人蒸発させて、未来の収容所へ送り込んだが、今回は刑事事件なので警察に引き渡すらしい。

地に倒れて苦悶している二人の目出し帽を剝ぎ取ると、二人ともオタクっぽい小太りの三十代だった。

「じゃ、私は姿を消すから、あとはよろしく」

マリーが言い、寮へ駆け戻っていったので、影郎は裏口のナンバーを押してドアを開け、内側にあった非常ベルを押し、通用口の扉を全開にさせた。

犯人は二人だけで、外に停められているワゴンに人は残っていなかった。

たちまち非常警報が響き渡り、センターに残っていた所員が外へと飛び出してきて、寮からも何事かと今日香たちが駆け寄ってきた。

そしてサイレンが近づいて、影郎が指定したように裏口から二台のパトカーが入ってきた。

「爆弾らしいから、その箱には触れないで！」

影郎が警官に言うと、とにかく二人を引き立たせて手錠を嵌めた。

あとは所員が騒動を取り囲み、影郎は喧騒の中で警官に事情を説明した。

もちろん未来からの報せなどとは言えないので、仕事の資料を取りに行くところで不審者を見つけたと言った。

「か、肩が……」

犯人の二人が顔を歪めて言う。

「二人とも肩が外れているようだけど、あなたは武道の心得が？」

「い、いいえ、何しろ夢中で組み付いただけです」

警官に訊かれ、影郎が答えると何とか納得してもらえたようだ。

あとは警官が応援を呼び、爆弾処理班もやって来て明け方まで騒然となっていたが、外は寒いので影郎や今日香をはじめ、所員たちはセンターのロビーに待機した。

「お手柄ね。本当の爆弾らしいわ。どうしてあの箱が爆弾と分かったの？」

今日香が、興奮に頬を紅潮させて言った。

「近づいたとき、爆弾はそこに置け、と言うような声を聞いたものですから」

影郎は答え、今日香の甘い吐息に股間が疼いた。何しろ、マリーとの快楽の一時を中断して飛び出したのだ。

「さらに引き締まったんじゃない？　犯人二人は肩が外れているようだけど、すごいのね」

今日香が感嘆して言い、影郎は密かに勃起しながら、他の社員が持って来てくれた販売機のコーヒーを飲んだ。

「被害はなかったのだから、所員たちには寮へ戻って休むように言うわ。出勤組帰すことにしないと。それでも爆弾処理が続いているので眠れないだろうから、明日は昼からの仕事にしましょう」

「ええ、半日ぐらい休んでも大丈夫でしょう」

言うと二人は所員たちに通達をし、自動の観測データだけは影郎がチェックして回ったのだった。

4

「処理完了しました。では我々は引き上げますが、昼間また事情を伺いに参ります。犯人は地球空洞説を謳ったカルト集団のメンバーでした」

「分かりました。ご苦労様です」

夜明け頃に警官隊が言い、爆弾処理班とともに帰っていったので、影郎は裏口の扉を閉め、ロビーに戻った。

結局、センターに残ったのは影郎と今日香だけだった。

所員たちには昼から作業開始と通達し、もちろん亜利沙にもスマホで連絡し、朝は自分で起きて短大へ行くよう言ってある。

影郎と今日香は、処理が終わるまではロビーのソファで仮眠を取っていたのだった。

もちろん処理班の報告待ちだったから、今日香に妙なことも出来なかった。

「電気系統をやられたら、どうなっていたかしら」

今日香が、今さらながら不安げに言った。

「大急ぎで直しても、復旧までには一週間ばかり時間を取られたでしょうね」

「でも、どうして電気系統の中枢が裏口付近にあると分かったのかしら」

「確かに。ただどこかを爆破してアピールすれば良かっただけなのかも。内側に開いた地球空洞説なんて、本気で信じてるというより、モテない連中が面白がっているだけじゃないのかな……」

「内側に開いた空洞説は、アメリカのコーレッシュ博士の説だわ。我々は地球儀を裏返しにした内側に住んでいて、全ての天体は存在せず光学的現象」

「ははあ……」

影郎は今日香の博識に感嘆した。

「一九二五年、コーレッシュとその一党はフロリダ海岸で実験をした。海に杭を立て、海面から三メートル突き出し、そこから左右に鉄板を水平に伸ばすと、六キロメートルで先端が海中に没したので、地球が内側に開く凹面であると証明したの」

「それは、単に鉄板がしなっただけじゃないのかな」

「そうね」

影郎が言うと、今日香もクスクス笑った。

「でも本当に、事前に防げて良かったわ」

今日香が、あらためて影郎を見つめて言った。

彼も、仮眠から覚めた朝立ちの勢いも手伝い、すっかり勃起していた。

「どうします。昼まで寮へ戻りますか」

「いいえ、やはりセンターを無人には出来ないので、卯月君は帰っていいわよ」

「いえ、僕も残ります。通常の出勤をする連中もいるだろうから」

寮でなく、家庭を持っているものは外から通っているのだ。昼から作業という通達は、自宅所員たちにもメールしていたが、中には見過ごして出勤してくるものもいるかも知れない。

それでなくても、騒動と聞けばじっとしていられないだろう。

「じゃ、コンビニで何か買って朝食にしましょうか」

「ええ、その前に、少しだけ……」

影郎はにじり寄り、今日香に縋り付こうとした。

「ま、待って、ここではダメよ」

彼女が身を離して言う。

確かに、ロビーはガラス張りの玄関前だし窓も大きい。

「じゃ、あそこへ」

影郎が促すと今日香も立ち上がり、一緒に応接室に入った。ここは内側からロックできるし、ソファも柔らかくて大きい。

それに灯りを点けなくても、レースのカーテンが引かれた窓からは昇りはじめた陽が射し込んでいた。

影郎は手早く下半身だけ露わにして、ソファに仰向けになった。

今日香もすっかり淫気を満々にさせ、パンストと下着を脱ぎ去った。

「顔を跨いで、先に足を顔に乗せて」

勃起したペニスをヒクヒクさせながら言うと、

「アア……、そんなことされたいの……？」

今日香は言いながらも従い、息を弾ませて影郎の顔に跨がった。

そしてソファの背もたれに手を突いて身体を支えると、片方の足裏をそっと彼の顔に乗せてくれた。

影郎は美熟女の足裏を舐め、指の股に鼻を押し付けて嗅いだ。

どうやら、昨夜は寝しなの入浴前に騒動で飛び出したため、そこはジットリと生ぬるい汗と脂に湿り、蒸れた匂いが濃厚に沁み付いていて、悩ましく鼻腔が刺激された。

彼は、今までで一番ムレムレの匂いを貪り、爪先にしゃぶり付いて指の股に舌を割り込ませて味わった。

「あう、汚いのに……」

今日香が呻き、彼は貪り尽くしてから足を交替してもらい、そちらも隅々まで味わったのだった。

「じゃ顔にしゃがんで」

仰向けのまま言うと、今日香も彼の顔の左右に足を置き、背もたれに摑まりながら、そろそろと和式トイレスタイルになってくれた。

白い太腿がムッチリと張り詰めて量感を増し、熱気と湿り気の籠もる熟れた割れ目が鼻先に迫ってきた。

はみ出した陰唇はヌラヌラと潤い、間から光沢ある真珠色のクリトリスが覗いていた。

堪らずに豊満な腰を抱き寄せ、柔らかな茂みに鼻を埋め込み、擦り付けて隅々まで嗅ぐと、生ぬるく蒸れた汗とオシッコの匂いが濃厚に沁み付いて、鼻腔を悩ましく掻き回してきた。

「いい匂い……」

影郎はうっとりと酔いしれ、匂いを貪りながら舌を挿し入れていった。

かつて亜利沙が生まれてきた膣口の襞をクチュクチュ探り、淡い酸味のヌメリをすすりながら、滑らかな柔肉をたどってクリトリスまで舐め上げると、

「アアッ……、い、いい気持ち……！」

今日香が熱く喘ぎ、思わずギュッと股間を押しつけてきた。

やはり淫気の高まり以上に、神聖なセンター内でしていることに禁断の興奮を得ているのだろう。

影郎は味と匂いを貪ってから、白く豊満な尻の真下に潜り込んでいった。

ひんやりした双丘を顔じゅうに受け止め、谷間に鼻を埋めて嗅ぐと、レモンの

先のように僅かに突き出た蕾にも蒸れた匂いが籠もっていた。

充分に嗅いでから舌を這わせ、ヌルッとした滑らかな粘膜まで探ると、

「あう、ダメ……」

今日香が呻き、キュッときつく肛門で舌先を締め付けてきた。

中で舌を蠢かせると、目の前にある割れ目からは白っぽく濁った本気汁が漏れて鼻先を生ぬるく濡らしてきた。

再び割れ目に戻って愛液をすすり、クリトリスに吸い付くと、

「ああ、待って……」

絶頂を迫らせたように今日香が言い、ビクッと股間を引き離してきた。

そして移動すると屈み込み、屹立した先端に舌を這わせ、そのままスッポリと喉の奥まで呑み込んでくれた。

熱い鼻息が恥毛をそよがせ、彼女は幹を締め付けて吸い、念入りに舌をからめて唾液にぬめらせた。

「ああ、気持ちいい……」

影郎が受け身になって喘ぐと、今日香は充分に濡らしただけでスポンと口を離し、身を起こして前進すると彼の股間に跨がってきた。

先端に割れ目を擦り付け、息を詰めてゆっくり腰を沈み込ませると、屹立した肉棒はヌルヌルッと滑らかに根元まで呑み込まれていった。

「アアッ……！」

完全に座り込んだ今日香が顔を仰け反らせて喘ぎ、密着した股間をグリグリ擦り付けた。

影郎も肉襞の摩擦と温もり、潤いと締め付けに包まれて快感を味わい、中でヒクヒクと幹を上下させた。

今日香はもどかしげにブラウスのボタンを外して左右に開くと、ブラのフロントホックを外して白く豊かな巨乳を露わにし、屈み込んで彼の顔に胸を押し付けてきた。

彼もチュッと乳首に吸い付いて舌で転がし、顔全体に膨らみを受けながらもう片方も探った。

左右の乳首を充分に味わうと、さらに彼は乱れたブラウスの中に潜り込んで、色っぽい腋毛の煙る腋の下にも鼻を埋め、濃厚に甘ったるく生ぬるい汗の匂いに噎せ返った。

味わってから唇を重ね、舌を挿し入れて滑らかな歯並びを左右にたどった。

「ンン……」

彼女も熱く鼻を鳴らし、歯を開いてチロチロと舌をからめてくれた。

影郎は生温かく注がれる唾液でうっとりと喉を潤し、熱い鼻息で鼻腔を湿らせながら、やがてズンズンと股間を突き上げはじめていった。

5

「ああ……、い、いきそうよ……」

今日香が口を離して喘ぎ、合わせて腰を遣いはじめた。

影郎も突き上げを強め、彼女の顔を引き寄せたまま熱い吐息を嗅いだ。

入浴と同じく、今日香は夕食後の歯磨きも出来ないままこちらへ来たので、濃厚な白粉臭に混じり、ほのかなオニオン臭もギャップ萌えの興奮を与えてくれ、彼は美女の吐息を貪り嗅いだ。

「唾を垂らして」

「出ないわ……」

言うと、喘ぎ続きで口中が乾いている今日香が答えた。

「酸っぱい蜜柑のことを思い浮かべて」

さらにせがむと、ようやく彼女も口を寄せ、白っぽく小泡の多い唾液をクチュッと垂らしてくれた。

舌に受けて味わい、うっとりと喉を潤し、

「顔にも強くペッって吐きかけて……」

言うと今日香も興奮に任せ、唇をすぼめると息を吸い込んで迫り、強くペッと吐きかけてくれた。

「アア、いきそう……」

顔に濃厚な吐息と生温かな唾液の固まりをピチャッと受け、彼は突き上げを強めて喘いだ。彼女も相当に高まり、膣内の収縮と潤いが活発になり、クチュクチュと湿った摩擦音が聞こえてきた。

愛液が滴っても、応接室のソファは革張りだからシミにはならないだろう。

「い、いく、気持ちいいッ……！」

たちまち影郎は口走り、絶頂の快感に全身を貫かれた。

同時に、熱い大量のザーメンがドクンドクンと勢いよくほとばしると、

「か、感じる……、アアーッ……！」

噴出を受け止めるなり、オルガスムスのスイッチが入ったように今日香も声を上ずらせ、ガクガクと狂おしい痙攣を開始した。

影郎は心ゆくまで快感を嚙み締め、最後の一滴まで出し尽くすと、満足しながら徐々に突き上げを弱めていった。

今日香も熟れ肌の硬直を解きながら、

「ああ……」

満足げに声を洩らし、グッタリと彼に体重を預けてきた。

まだ膣内が上下にキュッキュッと息づくように締まり、刺激された幹がヒクヒクと過敏に跳ね上がった。

「アア……、まだ動いてる……」

今日香も敏感になっているように息を震わせ、きつく締め上げてきた。

影郎はメガネの美熟女の重みと温もりを受け止め、熱く悩ましい息の匂いに包まれながら、うっとりと余韻を味わったのだった。

やがて呼吸を整えると、今日香がティッシュを手にして身を起こし、そろそろと股間を引き離しながらティッシュを当てた。

影郎も起き上がってティッシュでペニスを拭き、立ち上がって身繕いをした。

「みんなが来るお昼には、歯磨きとシャワーに戻るわ」

「ええ、じゃ僕はコンビニに行ってきます。何がいいですか」

影郎は言い、注文を聞くと一緒に応接室を出て、洗面所で顔だけ洗ってからセンターを出た。

午前八時過ぎ、宇宙センターが中心のこの町は、それでも外へ働きに出る人たちがバス停に並び、いつもの月曜の朝が始まっていたが、まだ誰も爆弾事件のことは知らないだろう。

影郎はコンビニで、今日香に言われたハンバーガーと牛乳パック、自分はトンカツ弁当にカップのアサリ味噌汁を買い、それぞれ温めてもらってからセンターに戻った。

そしてロビーに戻り、ソファで食事をした。

「どうします。また昼まで仮眠を取りますか」

食い終えてから容器を捨てながら言うと、

「ううん、もう眠れないわ。それに誰か出勤してきそうだから」

今日香が言うなり、確かに駐車場に何台かの車が入ってきた。

停まった車からはスタッフの一人で、影郎の上司である兼田均也《かねだきんや》が降りてきて、まず裏口の方を見て回ってから、小走りに玄関からロビーに入ってきた。

「何があったんだ？　メールでは詳しく書かれていなかったが、気になっていつも通りに来てみたんだ」

均也が入ってきて言った。三十半ばの妻子持ち、薄っぺらい二枚目で位置は今日香と影郎の間である。今日香が部長なら、均也は課長というところで、影郎は係長クラスだった。

もう一人入ってきたのは、二十五歳の女性スタッフ、親元から通っている麻生《あそう》真紀《まき》である。

彼女も、メールが気になって来たらしい。優秀な彼女は、ショートカットで意志の強そうな濃い眉をしている。

均也は、あまり優秀ではないが女好きで、バツイチの今日香や、この初々しい真紀を狙っているようだ。もちろん妻子と別れる気はなく、単にセフレがほしいだけだろう。

「爆弾騒ぎがあって、それを事前に卯月君が食い止めたのよ。処理も朝にはすんで、大事には到らなかったけど」

今日香が説明し、均也は影郎を見つめた。

「へえ、大活躍じゃないか。え？　何？　どうしてそんなに痩せた……」

言いながら、彼は目を丸くし、真紀も驚いて影郎を見つめている。

「ええ、長年やってたダイエットの効果が、急に出たみたいなんです」

「それにしても驚いたな……。それにスポーツなんか縁がなさそうだったのに、犯人を取り押さえたのか……」

「犯人二人の肩を外しちゃったのよ」

今日香が、自分のことのように自慢げに言った。

「そんな……」

均也が息を呑むと、真紀は見直したように影郎を見た。

「とにかく昼までは点検作業にアタって。それに警察の事情聴取もあるだろうから、私と卯月君が応対するわ」

「分かりました」

真紀が今日香に答え、白衣に着替えて点検に行こうとした。

その時、一台のパトカーが入って来て停まり、制服警官と二人の刑事が入ってきた。

「ゆうべはお疲れ様でした。犯人二人の自供も全て取れました。今、連中の所属するカルト集団の家宅捜索が行われています」

刑事が今日香と影郎に言い、目を移して均也を見た。

「兼田均也さんですか」

「そうですが……」

「逮捕状が出ているので、ご同行願います」

「ええッ……？」

刑事の言葉に、今日香と影郎、行きかけていた真紀まで驚いて立ちすくみ、均也は青ざめていた。

「容疑は、講義する大学から爆発物を盗んだ件です。カルト集団のホームページにも偽名で犯行を唆《そそのか》す書き込みをしていましたね。しかも電気系統の中枢が裏口付近にあることにも触れていた」

「な、何かの間違いだ……」

言われて均也はガクガク震えはじめた。

「そういえば兼田さん、ここへ来てまず裏口を確認に行きましたね。連絡メールには、トラブルにより昼の出勤でよいとだけ書いたのに、どうして裏口を？　爆破された様子を見に行ったのでは？」

今日香が硬い口調で言った。

「ではいったん引き上げます。またのちほど」

刑事たちは言い、手錠は嵌めずに項垂れている均也を両川から挟んでパトカーへと連行していった。

サイレンも鳴らさず、パトカーが走り去っていくと、

「とんだ不祥事だわ……」

今日香が嘆息しながら言った。

「何だか、逮捕されてほっとしました。更衣室に隠しカメラがあって、どうも兼田さんの仕わざみたいですし、何かと声を掛けてくるんです」

「私も、年中口説かれていたわ」

真紀が言うと今日香も答え、とにかく三人は気を取り直して点検作業にかかることにした。

その間にも、やはりスタッフが続々と出勤してきたのである。

影郎は、昼は外でカツ丼を食い、午後も点検作業の合間に刑事が来てその後の事情を話してくれた。

どうやら均也は、優秀な影郎を妬み、彼の進めている研究を壊したくて、カル

ト集団に近づいて施設を爆破させようとしたようだった。カルト連中も、宇宙開発など反対で、目的が一致したのだろう。

カルト集団は少人数で、あの二人の他は三人だけだった。もちろんアジトからは、爆発物を組み立てた痕跡が残っていたらしく、全員の逮捕により集団は呆気なく消滅した。

とにかく、さして優秀でないスタッフが一人欠けただけで、すぐにも宇宙センターはいつもの日常に戻っていったのだった。

第四章　不思議大好き才女

1

「あの、兼田均也という奴は、爆破事件のあとに麻生真紀への痴漢行為で通報され、依願《いがん》退職後は胃ガンで早死にした。生きていても大したことはなく、妻子は保険金で裕福になった」

夕方、影郎はスマホの画面で五十年後の自分から話を聞いた。

まだ勤務時間だが、周囲に誰もいないので未来の自分から交信してきたのだ。

どうやら八十歳になった自分は、マリーほど規則に厳しくなく、未来のこともべらべら喋ってくれた。

「まあ妻子にとっては痴漢行為で逮捕より、爆破事件未遂の方がマシですかね」

「どうだかな」

「実際には、カルト集団の逮捕はなかったのですね？」

「ああ、連中も爆破騒ぎで舞い上がり、度胸が付いたか、それぞれ些細な犯罪に手を染めては順々に逮捕されていった。もともと大した集団ではない」

「そうでしたか。それで過去を変えてしまって、未来に影響は？」

影郎は、気になっていたことを訊いた。

タイムパラドックスには、バタフライ効果というのがあり、一匹の蝶の羽ばたきがやがて別の場所で嵐を巻き起こすように、些細な違いが未来では大きく変化してしまう場合がある。

「大きな変化はないが、お前にとってはある」

未来の自分が言った。

八十歳の彼は、爆破事件のなかった未来にいるのだが、最初の未来のことも充分に承知し、その上で変化のデータを出したようだ。

「一度目は爆破により電気系統が一週間ストップした。だが今回はそれがなかったことにより、お前の新彗星の発見時期が早まる」

「え……」

影郎は驚いて、スマホ画面に見入った。

確かマリーの話では、影郎の新彗星発見は一年後ということだった。

「それは、半年早まる」

「半年ですか……。で、彗星は地球すれすれで衝突しないのですね？」

「もちろんだ。衝突したら今ここにわしはいない」

未来の自分が言う。

「とにかく、半年後に発見して彗星にウヅキと命名し、一躍有名になることは間違いなく、あとは順々に多くの発明もして、結局はほぼ同じになる。まあ半年あるのだから、今はとにかく良い女を抱いて旨いものを食え」

自分は言い、そこで画面が消えた。

スマホをしまおうとすると、今度はマリーからのメール着信があった。

「あの、麻生真紀という女、あなたにすごく興味を持ちはじめたわ」

読んで驚き、影郎は続きに目を通した。

何しろ今日香と亜利沙の母娘と同じぐらい、同僚である真紀の面影は妄想オナニーで多くお世話になってきたのだ。

マリーの文章は続く。

「今夜にでも夕食に誘って、ここへ連れてくるといいわ。私は姿を消しているから。真紀は少々変わった子だわ。理工学部の秀才だったけど、何しろ宇宙の神秘に憧れて、超常現象にも強い好奇心を持ってるの。あなたが急に瘦せたことにも興味津々だし、かなりのSFマニアだわ」

「分かった、そうした話題で口説いてみる」

「彼氏は今までに二人。どちらも高校卒業や大学卒業と就職で、疎遠になって自然消滅したけど、膣感覚の快楽は充分に知っているわ」

マリーは、彼女の全てのデータ、SNSや過去の個人的なメールの遣り取りなどから、そう判断していた。

「うん、頑張ってみるよ」

影郎はそう返信し、スマホを切った。

すると間もなく終業時間となり、彼は観測を自動に切り替え、今日の最終チェックをしてから白衣を脱いだ。

そしてロビーに降りると、すぐに真紀も姿を現し、彼女の方から話しかけてきたのである。

「あの、色々お話ししたいのですけど、夕食いかがでしょうか」

「ええ、もちろん」

言われて、影郎も舞い上がりながら快諾した。

もちろん今まで、こんなお誘いは一度もなかったので、単にダサいデブと思われていたのだろう。

二人はセンターを出て、真紀は自分の車を駐車場に置いたまま一緒にモールのレストランに入った。

「最初はビールでいいかな?」

「私、帰りは車だから」

「泊まっていくといいよ。何だか、山ほどお話で盛り上がりそうだから」

影郎が今までになく積極的に言うと、真紀は戸惑いながらも、最初の一杯ぐらいなら食事している間に覚めるだろうと思ったか、影郎は生ビールで、彼女はライトビールにした。

万一泊まるにしても、センター内にはスタッフの仮眠所もあるのである。女子用は、もちろん鍵がかかるし、今まで真紀も何度か、残業のあと泊まったことがあるのだ。

やがて乾杯し、サラダと海老のアヒージョとバゲットを頼んだ。

「今日は大変な騒ぎだったね」

「ええ、本当にお話ししたいことが山ほどあるんです」

話を向けると、真紀も頰を紅潮させて勢い込んで話した。ショートカットに知的に濃い眉、気の強そうな眼差しで、今までも均也のアピールを敢然と撥ねのけてきたのだ。

そして今日のスタッフの仕事の合間は、均也の話で持ちきりだった。

皆に嫌われていたので、逮捕や解雇に関して悲しむものはいなかったし、特に重要なポストにいなかったから今後の仕事にも影響はないが、何しろカルト集団との爆破騒ぎはショックだったようだ。

「まず、卯月さんが急に瘦せたこと。そして夜にセンターに来て、不審者を見つけたこと。そして犯人二人の肩の骨を外したこと」

「そんなに不思議かな？」

「はい、今までの卯月さんじゃないみたいです。確かに、本人には間違いないのだけれど、何だかエイリアンから超能力でももらったような」

真紀がライトビールを飲み干し、千切ったバゲットでアヒージョを食べながら言った。実に遠慮ない健啖家で、しかも現実的な研究者として優秀なのに、宇宙に関する空想も好きなようだ。

それにSFのみならず、ミステリーも好きなように、疑問点を並べる話が順序立っていた。

影郎は生ビールを飲み干し、赤ワインのボトルを頼んだので、

「すみません、私にもグラスを」

真紀が言い、今夜は泊まる気になったようだ。

「ダイエットに関しては、急にこの連休中に効果が」

「そんなこと信じません。金曜にお会いしたときは、どう見ても百キロはありました。三日後の今日は、すっかり標準体重、恐らく七十キロ前後でしょう。三日で三十キロ減なんて有り得ません」

さすがに真紀は、興味のなかった男に関しても今までよく観察し、正確に分析していた。

「それに、夜に資料を取りに来るなんて、今までなかったはずです。確かに深夜の通用門は、ナンバーを知ってる裏口ですけど、不審者がいればまず危険を回避してスマホで通報するはずです」

「なるほど」

「まして二人の犯罪者を相手に格闘して、刑事さんの話では二人とも利き腕の肩が外されていたということですが」

「実は祖父から古武道を習っていて」

「いいえ、嘘です。卯月さんは、中高とずっと科学研究会で、スポーツテストの成績は下の方と聞いています」

「じゃ、君の結論は？　エイリアンから力をもらった？」

「ええ、あるいは、強い誰かと一緒だったか。そのパートナーが人ではなく、その力が卯月さんを何らかの方法で痩せさせ、犯人を撃退して姿を消した」

驚いたことに、真紀の推理はほぼ正解である。

二人はサラダとアヒージョを空にし、残りのバゲットをガーリックエキスに浸して食い、影郎がメインディッシュにサーロインステーキを頼むと、

「私も同じものを」

真紀が注文して、二人のグラスにワインを注ぎ足した。

「とにかく解答は出ないよ。僕が刑事に報告した通りなんだから」

「本当のことが言えないんですね。エイリアンとの約束で」

真紀が、目をキラキラさせながら言った。ほろ酔いで、真実を暴きたいのではなく、こうした会話が楽しくて仕方がないようだった。

やがてステーキが来たので、しばし二人は黙々と口に運び、食べ終わると余りのワインも全て飲み干した。

「すごい食事量ですけど、特に気にしなくても体重は大丈夫なんですね」

「ああ、君も実に気持ち良く食べたから気分がいい。まさか地球を調査に来たエイリアンかい？」

「そうだったら、どうします？」

真紀が、楽しげに答えた。

「そう、じゃエイリアン同士、テレパシーでお互いのことが分かり合えるかも知れないから、肌を重ねてみたいんだけど」

影郎が言うと、もう真紀も彼の雰囲気にすっかり呑まれたように拒まず、一緒にレストランを出て寮に来てくれたのだった。

2

「何だか、私すごく興奮してます……」

影郎の部屋に入るなり、真紀が頬を紅潮させて言った。

「じゃシャワーは省略してもいい？」

「ええ、すぐ一つになりたいです……」

「そんな勿体ないことはしないよ。じゃとにかく脱ごうね」

彼は言い、真紀を寝室に招くとすぐにも脱ぎはじめた。

真紀もモジモジとブラウスのボタンを外しはじめ、影郎は痛いほど股間が突っ張っていた。

憧れの母娘ばかりでなく、前から妄想でお世話になっていた美女と懇《ねんご》ろになれるのである。

真紀は二十五歳で博士号を持っているが、白衣姿でなく私服の彼女は若作りで女子大生といっても通用する雰囲気だった。

影郎は先に全裸になり、ベッドに横になって脱いでゆく真紀を眺めた。

マリーは納戸にでも入って、機能を停止して待機しているのだろう。もし真紀がマリーを見たら、どれほど喜ぶことだろうか。

やがて真紀は、甘ったるい匂いを揺らめかせながら最後の一枚を脱ぎ去り、一糸まとわぬ姿で添い寝してきた。

「ああ、嬉しい……」

影郎は感激と興奮に息を弾ませて言い、真紀の腕をくぐり抜けて腋の下に鼻を埋め込んだ。

「あう……」

真紀は驚いたように小さく声を洩らし、ビクリと身を強ばらせたが拒みはしなかった。スベスベの腋は生ぬるく湿り、甘ったるい汗の匂いが濃厚に沁み付いていた。

やはり彼女も早朝のメールで飛び起き、朝シャワーもせず出勤し、爆破未遂事件を聞いたショックで一日中汗ばみ、さらに影郎との夕食でも相当に興奮していたのだろう。

彼は充分に胸を満たし、舌を這わせてから真紀を仰向けにさせ、のしかかるようにチュッと乳首に吸い付いていった。

「アアッ……、いい気持ち……」

真紀が顔を仰け反らせて喘ぎ、クネクネと悶えはじめた。

やはり就職以来二年ばかり男としておらず、今日は久々の興奮ですぐにも火が点いてしまったようだ。

影郎は左右の乳首を交互に含んでは舌で転がし、意外に豊かな膨らみを顔全体で感じた。そして滑らかな肌を舐め降り、臍を探り、張りのある下腹に顔を押し付けて弾力を味わった。

恥毛は程よい範囲に煙っているが、まだ股間は後回しだ。

腰から脚を舐め降り、足首まで言って足裏にも舌を這い回らせた。

指の股に鼻を割り込ませて嗅ぐと、そこもやはり汗と脂に生ぬるく湿り、ムレムレの匂いが籠もっていた。

爪先にしゃぶり付き、順々に指の間に舌を挿し入れて味わうと、

「あう、ダメ、そんなことするなんて……」

真紀が驚いたように呻いた。やはり過去の彼氏二人は、足指など舐めないダメ男だったのだろう。

影郎は足首を摑んで押さえ、両足とも全ての指の股をしゃぶり、味と匂いを貪

り尽くしてしまった。

そして大股開きにさせて脚の内側を舐め上げ、白くムッチリした内腿の弾力を味わってから中心部に顔を迫らせた。

見ると、はみ出した陰唇がヌラヌラと熱く潤い、指で広げると膣口の襞が息づき、小豆大のクリトリスが光沢を放っていた。

「ま、まさか、舐めるの？　シャワーも浴びてないのに……」

真紀は急に羞恥を湧かせ、すぐ入れてほしいように言った。やはり過去の男二人は、洗ってからしか舐めないダメ男だったようだ。

「じっとしててね」

彼は言い、顔を埋め込んで柔らかな茂みに鼻を擦りつけて嗅いだ。

隅々には、生ぬるく蒸れた汗とオシッコの匂いが濃く沁み付き、悩ましく鼻腔を掻き回してきた。

「いい匂い」

「あう、嘘……」

嗅ぎながら言うと、真紀が呻いてキュッときつく内腿で彼の顔を締め付けてきた。舌を挿し入れると、淡い酸味のヌメリが迎え、彼は膣口の襞を探ってからクリトリスまで舐め上げていった。

「アアッ……！」

真紀が声を上げ、身を弓なりに反らせて内腿に力を込めた。

チロチロとクリトリスを舐めると、格段に愛液の量が増してきた。

影郎は充分に味と匂いを堪能してから、彼女の両脚を浮かせ、形良い尻の谷間に迫った。

薄桃色の可憐な蕾に鼻を埋めて嗅ぐと、弾力ある双丘が顔に密着し、蒸れた匂いが鼻腔を刺激してきた。

舌先で蕾の襞を濡らし、ヌルッと潜り込ませると、

「ああ……、ダメ……」

真紀が喘ぎ、肛門で舌先を締め付けてきた。中で舌を蠢かせ、滑らかな感触で淡く甘苦い粘膜を探ると彼女の下腹がヒクヒクと波打った。

充分に味わってから脚を下ろし、再び割れ目を舐め回し、匂いを貪りながらクリトリスを吸った。

「お、お願い、入れて下さい……」

真紀が、絶頂を迫らせたように身悶えながら哀願した。

どうせ一回の射精ではすまないのだから、まだフェラもしてもらっていないが
まず彼も挿入することにした。
身を起こして股間を進め、幹に指を添えて先端を割れ目に擦り付け、ヌメリを
与えながら位置を定めた。そしてゆっくり挿入していくと、張り詰めた亀頭がヌ
ルッと潜り込んだ。
感触を味わいながら、あとは潤いに任せてヌルヌルッと根元まで押し込むと、
「アアッ……、いい……」
真紀も味わうようにモグモグと締め付けながら喘ぎ、両手を伸ばしてきた。
影郎は股間を密着させながら脚を伸ばして身を重ね、胸で乳房を押しつぶして
のしかかった。
「ああ、いい気持ち……」
真紀が言って両手を回し、膣内を収縮させて久々の男を味わっていた。
影郎が上から唇を重ね、弾力と湿り気を味わうと、
「ンン……」
真紀も熱く鼻を鳴らし、ネットリと舌をからませてきた。
彼も生温かな唾液に濡れ、滑らかに蠢く美女の舌を味わい、徐々に腰を突き動

かしはじめた。

「アア……、すぐいきそう……」

真紀が口を離して喘ぎ、彼は熱い吐息を嗅いで高まった。彼女の口は花粉のような甘い匂いに、淡いワインの香気とガーリック臭が混じり、何とも刺激的に鼻腔が掻き回された。

影郎は真紀の口に鼻を押し込んで吐息を貪り、次第に激しく腰を突き動かし、肉襞の摩擦と締め付けに高まっていった。

すると先に、真希子が急激にオルガスムスの痙攣を開始した。

「い、いっちゃう……、アアーッ……!」

身を反らせて喘ぎ、ガクガクと狂おしく腰を跳ね上げ、続いて彼も昇り詰めてしまった。

「く……!」

快感に呻きながら、熱い大量のザーメンをドクンドクンと勢いよくほとばしらせると、

「あう、もっと……!」

噴出を感じた真紀が呻き、さらに締め付けを強めていった。

影郎は心ゆくまで摩擦快感と美女の吐息を味わい、最後の一滴まで出し尽くしてしまった。

満足しながら動きを弱めていくと、

「ああ……、すごいわ……」

真紀も硬直を解き、声を洩らしながらグッタリと身を投げ出していった。

彼はまだ息づく膣内でヒクヒクと過敏に幹を跳ね上げ、真紀の濃厚な吐息で鼻腔を満たしながら、うっとりと快感の余韻に浸り込んでいった。

重なったまま互いに荒い息遣いを整え、やがて影郎はそろそろと身を起こして股間を引き離した。そして彼女を支えながらベッドを降り、一緒にバスルームへと移動していったのだった。

3

「じゃ、オシッコかけてね」

シャワーの湯で互いの身体を洗い流すと、影郎は床に腰を下ろして言い、目の前に真紀を立たせた。

「ど、どうしてそんなことを……」

真紀が、信じられないという風に声を震わせて答えた。

「どうしても、美女が出すところを見てみたいから」

「そんなの見たがる人、いないわよ……」

やはり過去の彼氏二人は、オシッコも求めないようなダメ男だったらしい。

それでも真紀はまだ朦朧とし、影郎の顔に股間を突き出しているので、彼は片方の足を浮かせてバスタブのふちに乗せ、開いた股間に顔を埋め込んだ。

「あん……」

「シャワーで匂いが薄れちゃった」

嗅ぎながら言うと真紀が羞恥に喘ぎ、柔肉を舐めると新たな愛液が湧き出して舌の動きが滑らかになった。

「いいの？　本当に出ますよ……」

尿意が高まったように真紀が言い、返事の代わりに舌を蠢かせた。

すると柔肉が蠢いて味わいが変化し、すぐにも熱い流れがチョロチョロとほとばしってきたのだ。

「あうう、離れて……」

真紀は言ったが、彼は流れを口に受けて味わい、喉に流し込んだ。

たちまち勢いが増し、口から溢れた分が肌を温かく伝い流れ、すでにムクムクと回復しているペニスが心地よく浸された。

「アア……、嘘、信じられない……」

彼の喉が鳴る音を聞き、真紀がガクガクと膝を震わせて喘いだ。

やがてピークが過ぎると勢いが衰え、間もなく流れは治まってしまった。

影郎は淡い残り香を味わい、余りの雫をすすって割れ目内部を舐め回した。

「も、もうダメ……」

真紀がビクッと腰を引いて言い、足を下ろすと椅子に座り込んでしまった。

彼はもう一度二人でシャワーの湯を浴び、身体を拭いてバスルームを出ると、また全裸のままベッドに戻っていった。

今度は受け身になりたくて彼が仰向けになると、シャワーを浴びてほっとしたように真希も添い寝し、彼の乳首に指を這わせてきた。

「最初の彼が、私が高二の時の一級下、透き通るような美少年でした。処女と童貞でも何とかうまくいったけど、彼は常に受け身で甘えて、何でも私の言いなりでした」

乳首を指で突きながら真紀が言う。

彼女は北海道生まれだったらしい。高校を出て上京し、彼もあとから来ると思ったら地元の国立大に入り、以後疎遠になったという。

「妖精のような美少年で、私は食べてしまいたくて、何度も身体中嚙んだけど、でも彼はすごく喜んでいたわ」

やはり神秘の好きな真紀は、妖精のような妖しさに惹かれたのだろう。受け身で嚙まれるのが好みなら、あるいは影郎と気が合うかも知れない。

「僕だって美少年なら、そんな恵まれた高校時代が送れただろうに」

「でも今は、後輩の話だと太った公務員になったみたい」

「そう、現実は厳しいからなあ。それで二人目は？」

「どうして二人目がいるって知ってるんです？」

「それは、大学時代も何かあっただろうからね」

言うと、真紀が今度は回復しているペニスを指で弄びながら答えた。

「二人目は同い年で、テニスの選手だったけど至極ノーマル、というよりモテ男だったからセックスも自分本位。ろくに愛撫はしてくれず、すぐ入れたがったり飲ませたがったり」

そいつが元凶だったようだ。

「だから、年上と関係するのは今日が初めてなんです」

「そう、僕にも少年にしたように噛んで……」

「いいんですか？」

会話しながらすっかり高まって言うと、真紀もペニスをニギニギしながら彼の乳首にチュッと吸い付き、綺麗な前歯で刺激してくれた。

「ああ、気持ちいい、もっと強く……、いてて……！」

キュッときつく噛まれて影郎は身をよじった。真紀も熱い息で肌をくすぐりながら、彼の左右の乳首を舌と歯で愛撫してくれた。

「乳首は、右より左の方が気持ちいい……」

「彼もそう言っていたわ。右利きだからなのか、それとも心臓が左側にあるからかしら」

真紀が分析するように言い、微妙なタッチでペニスを弄びながら彼の肌を下降していった。

脇腹にも歯がキュッと食い込むと、甘美な刺激にウッと息が詰まった。

真紀も心得て、前歯で噛むと痛いので大きく開いた口に肌をくわえ込み、歯の全体で噛むよう心がけていた。

左右の脇腹から下腹、さらに大股開きにさせて内腿にもモグモグと歯が食い込んで刺激された。

「ああ、気持ちいい……、でも真ん中は噛まないで……」

影郎は、彼女の口が股間に迫ってくるのを感じながら言った。

「もちろん分かってる。本当は強く噛みたいけど、そんなことしないわ」

真紀は言って顔を寄せ、まずは陰嚢を舐め回して二つの睾丸を転がし、やがて肉棒の裏側を滑らかに舐め上げてきた。

先端まで来ると幹に指を添え、粘液の滲む尿道口をチロチロとしゃぶり、張り詰めた亀頭をくわえると、ゆっくり喉の奥まで呑み込んでいった。

「ああ……」

温かく濡れた口腔にスッポリと含まれ、彼は快感に喘ぎながら幹をヒクつかせた。真紀も幹を丸く締め付け、頬をすぼめて吸い、口の中ではクチュクチュと舌が蠢いて、彼自身を温かな唾液にまみれさせた。

快感に任せてズンズンと股間を突き上げると、

「ンン……」

真紀も熱く鼻を鳴らしながら、顔を上下させてスポスポと摩擦してくれた。

そして途中でスポンと口を離し、

「お口に出したいですか？」

股間から訊いてきた。

「いや、出来れば女上位で一つになりたいけど」

「良かった。さっきは早すぎたので、もう一度じっくり味わいたかったんです」

答えると真紀が言い、身を起こして前進してきた。きっと妖精の美少年とも、彼女がリードするから女上位が多かったのだろう。

そして彼の股間に跨がると、幹に指を添え、先端に濡れた割れ目を押し付けてきた。

ゆっくり腰を沈み込ませると、張り詰めた亀頭が潜り込み、あとはヌルヌルッと滑らかに根元まで嵌まり込んでいった。

「アア……、いい……」

真紀が顔を仰け反らせて喘ぎ、ピッタリと座り込んできた。

影郎は股間に重みと温もりを感じながら、肉襞の摩擦と潤い、きつい締め付けに酔いしれた。

すぐにも彼女が身を重ね、上から唇を重ねてチロチロと舌をからめながら腰を遣いはじめた。彼も両手でしがみつき、合わせてズンズンと股間を突き上げて摩擦快感を味わった。

収縮と潤いが活発になり、真紀が口を離して唾液の糸を引いた。

「ここ、感じるの……」

真紀が言いながら、先端で内部の一カ所を執拗に突いた。影郎も、彼女の熱い吐息を嗅ぎながら急激に高まった。

「下の歯並びを、僕の鼻の下に引っかけて」

言うと、彼女も動きながら言う通りにしてくれた。口の中の濃厚な花粉臭と、入り混じるワインとガーリック臭、それに下の歯の内側の淡いプラーク臭も悩ましく彼の鼻腔を刺激し、胸を満たしてきた。

「い、いく……」

快感と匂いでたちまち絶頂に達し、彼は呻きながらありったけのザーメンをドクンドクンと勢いよくほとばしらせてしまった。

「あう、私も……、アアーッ……！」

噴出を受けると真紀も声を上げ、ガクガクと狂おしいオルガスムスの痙攣を繰り返した。

影郎は下降線をたどりはじめた快感を惜しみつつ、いつまでも股間を突き上げ続け、心置きなく最後の一滴まで出し尽くしていった。

満足しながら突き上げを弱めていくと、

「アア……、今までで一番感じたわ……」

真紀も強ばりを解いて言い、そのままグッタリともたれかかってきた。

影郎は重みと温もりの中、まだ息づく膣内でヒクヒクと過敏に幹を震わせた。

そして濃厚な美女の吐息を嗅ぎながら、うっとりと快感の余韻に浸り込んでいったのだった……。

4

「真紀との体験は、最高だったのう……」

影郎が、センターまで真紀を送って帰宅すると、画面から未来の自分が満足げに言った。

やはり真希は影郎の部屋に泊まらず、センターの仮眠所へ行ったのだ。

もちろんあの事件以来、警備員の数が増していたから、影郎は真紀を裏口まで送って、そこで引き返してきたのである。多くの所員も泊まり込んでいるから、もう心配ないだろう。

「真紀さんと交わって、未来は変わってませんか」

影郎は、画面の自分に訊いた。やはり歴史の歪みが最も不安なのである。

「ああ、特に変わっていない。心配性だのう」

「僕が、真紀さんや亜利沙ちゃんと結婚するような展開はないんですか」

「ない」

八十歳の自分は即答した。

「それは残念。結婚願望も、ないではないんだけど」

「その代わり、一つだけ提案がある。未来のために」

未来の自分の言葉に、影郎は居住まいを正すように画面を見た。

「何なんですか」

「真紀に、マリーを引き合わせて良い」

「ほ、本当ですか……」

影郎が驚いて聞き返すと、画面の自分は重々しく頷いた。

「実は、お前の発明するプレジャーマシンKG号は、麻生真紀博士の天才的な発想と多大な協力があったから完成したのだ」

「そ、そうだったんですか。確かに天文が専門の僕に、そんなバーチャルな発明が出来るなんてと思っていました」

影郎は答え、確かに妄想や空想の得意な真紀なら、そうした夢の機械の開発に従事するかも知れないと思った。

「だから真紀に、マリーを会わせ、その開発も早めて良かろう」

「分かりました」

影郎が答えると、そこへ納戸からマリーが出てきた。

「いいんですか、卯月博士。他の人間に私を見せて……」

「ああ、いい。真紀なら他言しないと信用できるし、上の許可も取った。それに何より、真紀博士本人の強い希望だ」

してみると、まだ真紀も未来の自分の近くにいるようだった。

影郎は急に楽しみになり、さっき別れたばかりの真紀にすぐまた会いたくなってしまった。

マリーを見たら驚くだろうが、頭の柔軟な真紀のことだから、すんなり未来を受け入れることだろう。

やがて画面が消え、マリーが不安げに言った。

「どんな顔して若い真紀博士に会えばいいのかしら……」

「その卵に目鼻の顔でいいよ。いかにもアンドロイドらしいし、変に着飾ると彼女の理解に時間がかかる」

彼は答え、とにかく今夜は寝ることにした。もう標準体重なので、バスルームでの上下大小の排出もしなくて良い。

そしてベッドに入ると、もう真紀を相手の射精ですっかり気がすんでいたので彼はぐっすり眠ったのだった。

明け方に目を覚まし、そろそろ起きようと思ったら枕元のスマホが鳴った。出ると、何と亜利沙ではないか。

「どうしたの、こんなに早く」

「目が覚めてしまって、今日の講義は昼からだし、ママもいないから」

亜利沙が、やや寝ぼけた声で言う。そういえば今日香は、データチェックのやり残しがあると言って仮眠所に一泊したはずだ。

「それにね、恐い夢を見たんです。彗星が地球に衝突するような」

「そう、じゃ来るかい?」

「いいんですか」

急に目が覚めたように亜利沙が声を弾ませた。

「うん、今からおいで。寝起きのまま、歯磨きも何もせずそのままで」

「はい、すぐ行きます」

亜利沙が言って通話を切ったので、影郎は飛び起きた。

急いでトイレと、自分だけ歯磨きをすませてドアのロックを外し、朝立ちの勢いのまま勃起しながら待っていると、すぐにチャイムが鳴った。

開けると、亜利沙はパジャマの上から上着を羽織ったままの姿である。

迎え入れてベッドに誘うと、彼女も上着を脱いで可愛いパジャマのまま横になってきたのだった。

5

「ああ、来てくれて嬉しい」

影郎は彼女に甘えるように腕枕してもらい、言いながら腋の下に鼻を埋めた。

パジャマには、美少女の甘ったるい体臭が濃厚に籠もり、鼻腔が心地よく刺激された。

「彗星が近づくことはあっても、決して衝突はしないからね」

「そうなんですか」

「うん、僕が毎日細かくチェックしているんだから大丈夫」

彼は言いながら、パジャマのボタンを外していった。

左右に開くと、さらに濃い匂いが生ぬるく解放され、亜利沙も夢の話など打ち切り、されるまま身を投げ出していた。

やがて互いに全裸になると、まず亜利沙をうつ伏せにさせ、彼は柔らかな髪に鼻を埋めて甘い匂いを貪り、耳の裏側の湿り気も嗅いで舌を這わせた。

髪はまだ幼く乳臭い匂いに、汗かリンスかほのかに甘い香りが籠もっていた。

影郎はうなじから背中を舐め降り、時に軽く歯を立てると、

「あん……」

顔を伏せたまま亜利沙が喘ぎ、くすぐったそうにクネクネと身悶えた。

やはり背中は感じるようで、彼は縦横に舌を這わせ、滑らかな背中全体と腰を味わった。

そして尻の丸みも舐め、軽く嚙み、谷間は後回しにして脚を舐め降りた。

スベスベの太腿から湿ったヒカガミ、脹ら脛からアキレス腱をたどり、足裏も舐め回した。

指の股に鼻を埋めて蒸れた匂いを貪り、爪先にしゃぶり付いて両足とも全ての指の股に舌を割り込ませたが、やはり寝しなに入浴したようで、匂いはそれほど濃くはなかった。

影郎は亜利沙をうつ伏せのまま股を開かせ、腹這いになって大きな水蜜桃のような尻に迫った。

両手でムッチリと谷間を広げ、可憐な薄桃色の蕾に鼻を埋め、蒸れた匂いを貪った。そして顔じゅうに密着する双丘の弾力を味わいながら、チロチロと舐め回し、ヌルッと潜り込ませて滑らかな粘膜を探った。

「あう……」

亜利沙が尻をくねらせて呻き、モグモグと肛門で舌先を締め付けた。

彼は充分に粘膜を味わい、ようやく顔を上げて亜利沙を仰向けに戻した。

すっかり頰が上気して熱く息が弾み、眼差しはとろんとして夢見心地になっている。

影郎は身を乗り出して屈み、薄桃色の乳首にチュッと吸い付いて舌で転がし、顔全体で膨らみを味わいながら、もう片方も含んで舐め回した。

「アア……、いい気持ち……」

亜利沙がうっとりと喘ぎ、ヒクヒクと反応していた。

彼は両の乳首を愛撫し、腋の下も充分に嗅いでから肌を舐め降り、可憐な臍を探って張り詰めた下腹に顔を埋めて弾力を味わった。

やがて大股開きにさせて真ん中に腹這い、ムチムチと張りのある内腿を舌でたどり、熱気の籠もる股間に迫っていった。

ぷっくりした割れ目からはみ出す花びらは、ネットリと大量の蜜に潤い、間からはツンと突き立つクリトリスが覗いていた。

影郎は、花の香りに誘われるように顔を埋め込み、若草に鼻を擦りつけ、隅々に籠もった蒸れた体臭を貪り、舌を這わせていった。

淡い酸味の蜜で舌の動きが滑らかになり、彼は息づく膣口を掻き回し、ゆっくりクリトリスまで舐め上げていくと、

「アアッ……！」

亜利沙がビクッと身を反らせ、内腿できつく彼の両頬を挟み付けてきた。

影郎はもがく腰を抱え、執拗にチロチロとクリトリスを舐めては、大洪水になってくるヌメリをすすり、さらに指を膣口に挿し入れて内壁を摩擦した。

「い、いきそう……、ダメ……」

亜利沙がヒクヒクと下腹を波打たせて声を上ずらせるので、彼も身を起こして前進し、股間を迫らせた。そして張り詰めた亀頭で割れ目を擦り、潤いを与えながら膣口にあてがっていった。

ゆっくり挿入していくと、きつい締め付けと肉襞の摩擦が感じられ、たちまち彼自身はヌルヌルッと滑らかに根元まで吸い込まれた。

「あう……、すごい……」

深々と貫かれ、亜利沙が顔を仰け反らせて呻いた。

彼は温もりと感触を味わい、股間を密着させて身を重ねていった。

上から唇を重ね、舌を挿し入れて滑らかな歯並びを左右にたどると、

「ンン……」

亜利沙もチロチロと舌をからめながら呻き、下から激しく両手でしがみついてきた。

じっとしていても息づくような収縮がペニスを刺激し、彼は美少女の舌を舐め

回し、生温かな唾液を味わいながら徐々に腰を突き動かしはじめた。

「ああ……、か、感じる……」

亜利沙が口を離して喘ぎ、下からもズンズンと股間を突き上げてきた。

もう彼女も破瓜の痛みなどとうに克服し、男と一体になった充足感に包まれているようだ。しかもクリトリス感覚とは違う未知の快感が、ジワジワと芽生えてきたようである。

美少女の喘ぐ口に鼻を押し込んで嗅ぐと、熱く湿り気ある息は寝起きで濃厚になり、桃とリンゴとイチゴを混ぜたように濃厚に甘酸っぱい果実臭を含んで悩ましく鼻腔を掻き回してきた。

「ああ、いい匂い……」

影郎は美少女の濃い息の匂いにうっとりと酔いしれ、律動を早めていった。

大量に溢れる愛液に動きが滑らかになり、ピチャクチャと湿った摩擦音が響いてきた。

「脚を閉じて……」

囁くと、亜利沙も素直に両脚を閉じ、彼は挿入したまま左右の太腿を跨ぐ形になった。

こうすると律動とともに、より効果的にクリトリスも擦れるし、彼女も男を膣だけでなく内腿全体で感じるようだ。

「しゃぶって……」

さらにせがむと、亜利沙は口に差し入れられた彼の鼻にヌラヌラと舌を這わせてくれた。影郎は、美少女の甘酸っぱい吐息と唾液の匂いを嗅ぎながら、摩擦の中で高まっていったが、

「い、いっちゃう……、アアーッ……！」

先に亜利沙が声を上ずらせ、ガクガクと狂おしいオルガスムスの痙攣を開始したのだった。

「く……！」

続いて影郎も大きな絶頂の快感に全身を貫かれて呻き、熱い大量のザーメンをドクンドクンと勢いよくほとばしらせてしまった。

「あう、熱いわ……」

亜利沙が噴出を感じて呻き、キュッキュッときつく締め付けてきた。

影郎はリズミカルに腰を動かしながら快感を噛み締め、心置きなく最後の一滴まで出し尽くしていった。

「ああ、気持ち良かった。ありがとう……」

彼は満足しながら言い、徐々に動きを弱めていった。

亜利沙も、すっかり肌の硬直を解いて、朦朧としたようにグッタリと身を投げ出していた。

まだ息づく膣内でヒクヒクと幹を過敏に震わせ、彼は美少女の吐息を嗅いで余韻を味わい、重なったまま互いの呼吸が整うのを待った。

「起きられるかな」

そろそろと股間を引き離して囁くと、亜利沙も小さくこっくりした。

そのままフラつく彼女を支えながら一緒にベッドを降り、バスルームへと移動した。

シャワーの湯で互いの全身を洗い流すと、もちろん影郎自身はムクムクと回復してしまった。亜利沙は午前中暇だろうし、まだ影郎も出勤には間があるから、もう一回抜きたい。

「じゃオシッコしてね」

床に座り、目の前に亜利沙を立たせて言うと、彼女も自分から片方の足をバスタブのふちに乗せて股を開き、股間を突き出してくれた。

匂いの消えた割れ目に鼻と口を押し付け、舌を挿し入れていくと、すぐにも柔肉が迫り出すように盛り上がった。

「あう、出ます……」

彼女が息を詰めて言うなり、チョロチョロと熱い流れはほとばしってきた。

しかし寝起きにしたようで、あまり溜まっておらず、ほんの少量で流れは治まってしまった。

それでも味と匂いは充分に堪能し、彼は余りの雫をすすり、割れ目内部を念入りに舐め回した。

「も、もうダメです……」

まだ余韻で敏感になっているようで、亜利沙がビクッと腰を引き離し、足を下ろして椅子に座った。

彼も床に座ったまま、少し高い位置にいる亜利沙の顔を引き寄せた。

「唾をかけて……」

言うと亜利沙も、まだ夢見心地でいるように抵抗なく、愛らしい唇をすぼめてペッと吐きかけてくれた。

「ああ、気持ちいい……」

影郎は顔全体に濃厚な息の匂いと、生温かな唾液の固まりを感じて喘いだ。

しかも仰向けでなく、身を起こしているので彼女の唾液がほのかな匂いをさせて鼻筋を伝い流れた。

さらに彼女の両足首を持ち、両足の裏でペニスを挟んで揉んでもらった。

「ああ、変な気持ち……」

亜利沙が息を弾ませ、ぎこちなく動かした。

そして手に切り替えてもらい、なおも美少女の唾液をすすって喉を潤し、甘酸っぱい吐息で鼻腔を満たしながら高まった。

「じゃ、お口でお願い……」

身を起こした彼はバスタブのふちに座り、彼女の顔の前で両膝を開いた。

「ね、出るところ見たいわ」

「うん、じゃいくときに言うから」

答えると亜利沙は先端にチロチロと舌を這わせ、張り詰めた亀頭をしゃぶってくれた。

影郎は彼女の顔を両手で支え、前後に動かしてスポスポと摩擦してもらった。

亜利沙も熱い息を股間に籠もらせ、舌と唇で強烈な愛撫を繰り返しながら、指先で幹を揉み、陰嚢も探ってくれた。

「い、いく……、アアッ……！」

たちまち影郎は快感に貫かれ、二度目の絶頂を迎えて喘ぐと、亜利沙もチュパッと口を離し、あとは両手のひらで幹を包み、錐《きり》揉みにしてくれながら先端を見つめた。

同時に、ありったけの熱いザーメンが勢いよくほとばしった。

「あん……」

唇から鼻、片方の瞼にまで飛び散って彼女が声を上げ、それでも両手の錐揉みは続行してくれた。

「ああ、気持ちいい……」

影郎はドクンドクンと脈打つように射精しながら喘ぎ、美少女の可憐な顔を汚す悦びに浸った。

やがて最後の一滴まで出し尽くすと、ようやく亜利沙も動きを停め、顔じゅうをヌルヌルにしながら、まだ余りの雫が滲み出ている尿道口をチロチロと舐め回してくれた。

白濁の粘液が美少女の頬を涙のように伝い、顎から粘ついて滴る様子は何とも艶めかしかった。

「あうう、ありがとう、もういい……」

影郎がすっかり満足して言うと、亜利沙もヒクヒクと過敏に震えるペニスから舌と手を離してくれた。

「すごい勢いで飛ぶんですね……」

「うん、ごめんね、嫌じゃなかった？」

亜利沙がヌルヌルになった唇をチロリと舐めながら言うと、影郎も荒い息遣いで答えた。

そして呼吸を整えると、二人でもう一度シャワーを浴び、身体を拭いて部屋で身繕いをした。

「朝食、一緒にする？」

「そうしたいけれど、もう明るいのでパジャマ姿を誰かに見られるといけないから……」

「そうだね。じゃ戻りなさい」

彼も納得して言うと、亜利沙は上着を羽織り、そのまま部屋を出て行った。

影郎はすっきりした気分で出勤の仕度をすると、マリーが出てきて手早く健康的な朝食を作ってくれた。

「じゃ今夜、真紀さんと夕食を終えてから、またここへ来るので」

「ええ、分かったわ」

食事しながら言うと、マリーも素直に頷いた。アンドロイドでも緊張するのかと思ったが、やはり影郎と同じく自分の産みの親のようなものだから、特別な感情が湧くのかも知れない。

やがて影郎が出勤すると、仮眠所に泊まっていた真紀と今日香も白衣姿で出て来た。

もちろん今日香は、ついさっき影郎が寝起きに亜利沙と濃厚な行為に耽ったことなど勘繰ることもないし、真紀も昨夜の余韻でチラと彼を熱っぽく見ただけであった。

そして影郎は一日の仕事を終え、退社時に真紀に声を掛けたのだった。

第五章　変身リクエスト

1

「今夜も食事したいのだけど」

「ええ、構わないですけど、今日はアルコールは抜きで。車で帰りたいので」

影郎が退社間際の真紀に言うと、彼女も笑顔で答え、スマホで夕食は要らないと親にラインしたようだった。

一緒にセンターを出て、モールにある和食料理屋に入った。

夕食だけなので、影郎は生ビール一杯だけにし、ミニ天丼と蕎麦のセットを頼んだ。真紀は刺身定食だ。

「今日は、何かお話が？」

何かありげな彼の雰囲気に、食事しながら真紀が訊いてきた。

「うん、大事な話なんだ。実は僕の寮で、会わせたい人がいる」

言うと、察しの良い真紀は目を輝かせたではないか。

「まあ、まさか卯月さんに力を貸してくれたエイリアンと？」

さすがに勘が良かった。

「うん、エイリアンじゃなく、未来のアンドロイドなんだ」

「み、未来から来たアンドロイド……、ドラえもんみたいな？」

「いや、女性型で、マリーという名だ」

「マリー……、そのアンドロイドが、卯月さんを痩せさせて、犯人二人の肩を外した……？」

「そうなんだ。マリーの力は人の十倍。しかも、顔も体型も変身可能で、あらゆるデータからモデルになった人物の声も匂いも全て完璧に再現できる」

「素晴らしいわ。早く食事を終えましょう」

真紀が言い、気が急くように料理を口に運びはじめた。

「でも、どうして私にそんな大事な秘密を……？」

ふと、真紀が顔を上げて訊いてくる。

「マリーの開発は、僕と君の共同作業だったらしい」

「まあ……!」

驚きの連続で真紀が感嘆すると、食べかけの口の中がチラと見えて彼は思わず勃起した。

(ああ、口移しに食べさせられたい。いや、そんな場合じゃない!)

影郎は思い、彗星発見から、地球をかすめる放射線の影響による未来の話をした。そして開発した機械のことも。

「プレジャーマシンKG号……、確かに、脳の記憶を映像化したい願望は、ずっと私の中にありました」

「うん、その機械は、過去に体験した五感の全てが甦って追体験できる。まあ、それだけ未来の世界は食と性に不足しているから、そうしたものが求められるんだが」

「そう、人も動物も出生率が激減して、野菜も育たなくなるなら、合成された栄養素だけの味気ない世界なんですね」

「だから、君にも未来を知ってもらい、少しでも早く夢の機械を開発してほしいという、未来からのお達しなんだ」

「分かりました。心してマリーに会わせて頂きます」

真紀は言い、未来の配給食料が、犯罪者たちの肉と人口野菜だと知っても、平気で料理を平らげていった。

やがて影郎も食事を終えて茶を飲むと、会計をすませて店を出た。

そして昨夜に続き、再び二人で寮に来たが、真紀は興奮し、今夜はいくら遅くなっても構わないといった勢いである。

部屋に入ると、リビングにマリーが待っていた。セミロングの髪に、顔はいつもの卵に目鼻、そして全裸であった。

「は、初めまして。麻生真紀です」

「お久しぶりです、博士……」

真紀が言うと、マリーも若い真紀を前にして静かに答えた。

「まあ、あまり個性のない顔立ちね。でも、それでいいのかも」

真紀はまじまじとマリーを見つめて言った。

「触れてもいいかしら」

「はい、お二人は私の親代わりですので、どのようにもお好きに」

マリーが答えると、真紀は恐る恐る彼女の頬に触れ、口を開かせて奥を覗き込み、乳房や手脚に触れていった。

「呼吸はしているのね。飲食物は？」

「少量ですが取り入れます。ちなみに排泄も少量」

「そう、骨は合金？」

「はい。力もあります」

マリーは言い、傍らにいる影郎を腕に乗せて軽々と持ち上げた。

「すごいわ……」

真紀が目を丸くし、マリーは影郎を下ろし、また真紀に向き直った。

「変身能力も？」

「ええ、体型も身長も多少なら変えられます。相手のデータから声も匂いも再現できますので」

「出来れば、女優の足立由美《あだちゆみ》に変身してみて。彼女は、子持ちの四十歳でも少女の印象のままだし、私が唯一レズしてもいいと思っている人なの」

真紀が言うとマリーは、チラと影郎を見て、

（そう言うと思っていた）

とでも言う眼差しをしながら、すぐに小柄な足立由美に変身していった。

どうやら未来でも、真紀はマリーを相手に多くの人に変身させ快楽のはけ口にしていたらしく、それでマリーは真紀に会うのを少々緊張気味にしていたのではないかと思った。

アンドロイドでも、マリーほど高性能になると感情もあるのだろう。

とにかく、マリーが愛くるしい目鼻立ちに形良い乳房、由美の姿になると真紀が目を見張った。

「すごいわ……」

マリが感嘆の声を洩らし、由美の頰を両手で挟み、

「いい？」

影郎に訊き、返事も待たず由美に唇を重ねていった。

突然の美女同士のキスに、影郎はムクムクと勃起してきた。真紀は遠慮なく舌を挿し入れ、絡み付けているようだ。

マリーこと由美は、親代わりの真紀が相手だから微かに眉をひそめながらも拒むことはしていない。

やがて唇が離れて、微かに唾液が細く糸を引いた。

「すごい、可愛い匂い。小粒の歯並びも本人のままだわ……」

真紀は言い、由美が全裸だから、自分も自然に脱ぎはじめていった。

そしてたちまち一糸まとわぬ姿になると、脱いだものをソファに置き、由美を連れて寝室へと移動していったので、彼も脱ぎながら従った。

どうやら真紀は感激と興奮に我を忘れ、訊きたいことは山ほどあるだろうに、今は絶大な淫気に包まれているようだった。

美女二人はベッドに横たわり、真紀は由美の乳首に吸い付き、もう片方もまさぐりはじめていた。

由美の姿をしたマリーは、もう真紀の性格は知っているだろうから、じっと身を預けて神妙に身を投げ出している。

影郎も見ているだけでは我慢できずにベッドに迫り、二人の足の方から近づいて、それぞれの爪先に鼻を潜り込ませて嗅いだ。

二人も、影郎の接触をうるさがることはなく、ペットでもじゃれついている程度の意識のようだった。

真紀は、仮眠室でシャワーを浴びただろうが、今日も一日働いて、しかもマリーに会った興奮で指の股は汗ばみ、ムレムレの匂いが濃く沁み付いていた。

由美もマリーのデータ分析により、由美本来の蒸れた匂いが正確に再現され、彼の鼻腔を悩ましく刺激してきた。

影郎は二人分の爪先をしゃぶり、全ての指の股に舌を割り込ませ、汗と脂の湿り気を貪った。

真紀は由美の両の乳首を味わうと、肌を舐め降り、由美を大股開きにさせて股間に顔を寄せたので、影郎も割り込んで一緒に覗き込んだ。

「由美ちゃんの割れ目、こうなっているのね」

真紀が言い、指で陰唇を広げて息づく膣口を見つめ、ツンと突き立つクリトリスも指の腹でそっと触れた。

由美は四十歳のはずなのに超若作りで、真紀も彼女を少女のように扱っていた。

「アア……」

由美が、本人が感じるように声を洩らし、割れ目を潤わせはじめた。

「ね、私の割れ目もこんなに綺麗？」

真紀が彼に顔を向け、濃厚な花粉臭の吐息で囁いた。

「うん。先に舐めさせて」

影郎は答え、由美の茂みに鼻を埋め、汗とオシッコの蒸れた匂いを嗅いで割れ目に舌を這わせた。すると真紀も頬を寄せ合って割り込み、クリトリスを舐め回しはじめた。

「ああ……、いい気持ち……」

由美が喘ぎ、潤いを増していった。

さらに彼は由美の脚を浮かせ、尻の谷間の蕾にも鼻を埋めて蒸れた匂いを嗅いで舌を這わせた。

そしてヌルッと潜り込ませ、滑らかな粘膜を探ると、真紀も厭わず、彼が舌を離すと蕾を舐め回しはじめたのだった。

2

「アア……、ダメ……」

由美が喘ぎ、浮かせた脚をガクガク震わせた。もちろんマリーが感じているのではなく、由美の反応を正確に再現しているのだ。

脚を下ろし、真紀が再び由美の割れ目に顔を埋めたので、影郎は移動し、突き出されている真紀の尻の谷間に鼻と口を押し付けた。

蒸れた匂いを貪り、チロチロと舌を這わせてヌルッと潜り込ませると、

「ンンッ……！」

由美の割れ目を舐めている真紀が呻き、肛門で舌先を締め付けてきた。

さらに彼は仰向けになり、真紀の股間に潜り込んで腰を引き寄せた。

茂みに鼻を埋めて一日分の体臭を貪り、濡れている割れ目に舌を這わせ、クリトリスに吸い付いた。

「アアッ……！」

真紀も喘ぎ、やがて由美の股間から顔を上げた。

「こうして……」

真紀が言い、ベッドの真ん中に彼を仰向けにさせ、左右から挟み付けてきた。

「同じようにして、一緒に味わいましょう」

真紀は言いながら彼の乳首にチュッと吸い付くと、由美ももう片方の乳首に唇を押し付けてくれた。

二人の熱い息が肌をくすぐり、影郎は左右の乳首を舐められてクネクネと身悶えた。

「ああ、気持ちいい。嚙んで……」

言うと二人も綺麗な歯並びで、両の乳首をキュッキュッと噛んでくれた。

その甘美な刺激に、激しく勃起したペニスの先端から粘液が滲んだ。

二人は充分に彼の乳首を愛撫してから、舌で肌を下降していった。そして股間を避け、脚を舐め降りて爪先にしゃぶり付いてくれたのだ。

「あう、いいよ、そんなこと……」

申し訳ない快感に言ったが、二人は全ての指の股にヌルッと生温かく濡れた舌を割り込ませてくれた。美女の最も清潔な舌を、足指で挟むのはゾクゾクするような興奮だった。

やがてしゃぶり尽くすと二人は大股開きにさせ、脚の内側を舐め上げて内腿にもキュッと歯を食い込ませてくれた。

すると真紀が彼の両脚を浮かせ、先に肛門をチロチロと舐め、ヌルッと潜り込ませてくれた。

「あう……」

影郎は妖しい快感に呻き、美女の舌先を肛門で締め付けた。

内部で舌が蠢くと、勃起した肉棒がヒクヒクと上下し、真紀が舌を離すと由美も同じようにしてくれた。

立て続けに愛撫されると、二人の舌の微妙な感触や温もりの違いが分かり、いかにも二人にされているという実感が湧いた。

ようやく脚が下ろされると、二人は股間で頬を寄せ合い、熱い息を混じらせながら同時に陰嚢にしゃぶり付いてきた。

それぞれの睾丸を吸ったり舌で転がしたりされると、これも実に贅沢な快感であった。

やがて陰嚢が混じり合った唾液に生温かくまみれると、二人は同時に肉棒の裏側と側面を舐め上げ、先端で合流した。

粘液の滲む尿道口が交互にチロチロと舐められ、張り詰めた亀頭も代わる代わる含んで吸い付き、チュパッと離しては交代した。

次第に二人は深々と呑み込んで舌をからめ、もう彼はどちらに含まれているかも分からないほど快感で朦朧となってきた。

「先に入れて。見たいの」

真紀が顔を離して言うと、由美もすぐ身を起こして彼の股間に跨がり、先端を膣口に受け入れて座り込んだ。

「アア……！」

ヌルヌルッと根元まで嵌め込むと、由美はぺたりと座り込んで喘いだ。

「すごいわ。由美ちゃんが淫らに女上位でエッチしてる……」

真紀が二人の接点を覗き込み、息を弾ませて言った。

由美も彼の胸に両手を突っ張り、腰を動かしはじめた。

彼も、マリーと分かっていても見かけは女優の足立由美だから興奮が高まり、膣内の収縮と摩擦に高まっていった。

「いいわ、交替して」

真紀が言うと、由美も素直に動きを停めて股間を引き離し、彼女のために場所を空けた。

アンドロイドだから、絶頂までさせなくて良いと真紀は判断し、また自分も早く交わりたかったのだろう。

同じように跨がると、真紀は由美の愛液にまみれた先端に割れ目を押し当て、感触を味わうようにゆっくり腰を沈めていった。

再び彼自身は、温もりと感触の異なる膣内に、ヌルヌルッと滑らかに呑み込まれ、上から股間が密着した。

「アアッ……、いいわ……!」

真紀が顔を仰け反らせて喘ぎ、キュッときつく締め上げてきた。

影郎も快感に包まれ、内部で幹を震わせながら両手で彼女を抱き寄せた。

そして傍らにいる由美も引き寄せ、それぞれの乳首を順々に含んで舐め回し、腋の下にも鼻を埋めて微妙に違う甘ったるい汗の匂いに噎せ返った。

ズンズンと股間を突き上げはじめると、

「あうう、すぐいきそうよ……」

真紀が収縮と潤いを増して呻いた。

身を重ねると真紀は遠慮なく腰を動かし、摩擦快感に高まりながら大量の愛液を漏らして、彼の陰嚢から肛門まで生ぬるくビショビショにさせた。

影郎は二人の顔を引き寄せ、三人同時に唇を重ね、ネットリと舌をからめた。

美女たちの熱い息が混じって籠もり、彼の顔全体が生温かく湿った。

「唾を出して……」

囁くと、二人も大量の唾液を分泌させ、白っぽく小泡の多いシロップをトロトロと彼の口に吐き出してくれた。

「ああ、美味しい……」

影郎は舌に受けて味わい、二人分のミックス唾液でうっとりと喉を潤した。

「唾を垂らしながら顔にキスの雨を降らして」

恥ずかしい要求を口にすると、真紀の内部で幹がヒクヒクと震えた。

すると二人も唇に唾液を溜め、顔のあちこちにチュッチュッと唇を押し付けてくれ、たちまち唾液でパックされたようにヌルヌルになった。

真紀は食後の濃厚な花粉臭の吐息で、由美は年長なのに少女のように甘酸っぱい果実臭をしていた。

その二人の吐息が熱く湿り気を含んで彼の鼻腔を満たし、奥で混じり合い、うっとりと胸に沁み込んでいった。

「い、いく……！」

股間を突き上げながら摩擦快感の中、影郎は二人分の唾液と吐息で昇り詰めてしまった。すると同時に真紀も、

「いっちゃう……、アアーッ……！」

激しく声を上ずらせ、ガクガクと狂おしい痙攣を開始して絶頂に達した。

熱い大量のザーメンがドクンドクンと勢いよくほとばしると、真紀の膣内は飲み込むようにキュッキュッと収縮を繰り返した。

「ああ、気持ちいい……」

影郎は心ゆくまで夢のような快感を噛み締めて口走り、最後の一滴まで出し尽くしていった。

徐々に突き上げを弱めていくと、真紀も肌の硬直をグッタリと解き、

「アア……、良かったわ……」

満足げに言いながら彼にもたれかかってきた。

影郎は、まだ収縮する膣内でヒクヒクと過敏に幹を震わせ、二人分の唾液と吐息の匂いで鼻腔を満たしながら快感の余韻に浸り込んでいった。

生まれて初めての3Pで、いかに相手の一人がマリーだとしても、未来の自分も悦ぶに違いない。

完全に動きを停めて呼吸を整えると、

「由美ちゃん、バスルームまで連れて行って……」

真紀が言い、由美の姿をしたマリーは彼女を軽々と抱え上げ、ベッドを降りて移動していった。

影郎も身を起こして一緒に入り、三人でシャワーの湯を浴びた。

もちろん美女が二人もいるのだから、すぐにも彼はムクムクと回復した。

「じゃ、オシッコをかけてね」

床に座って言い、彼は二人を両側に立たせた。真紀と由美も彼の左右の肩に跨がり、顔に股間を突き出してくれた。

二人は自ら指で割れ目を広げ、息を詰めて尿意を高めると、先に真紀の割れ目から熱い流れがほとばしってきた。

影郎は舌に受けて味わい、喉を潤すと、続いて由美の割れ目からもチョロチョロと漏れてきた。

彼は温かな流れを浴びながら交互に味わい、混じり合った匂いで完全にペニスは元の硬さと大きさを取り戻していった。

ようやく二人の流れが治まると、彼は残り香の中、それぞれの割れ目を舐め回して余りの雫をすすったのだった。

3

「ね、私も最近ぽっちゃりしてきたので、三キロだけでも痩せたいの。いい？」

もう一度シャワーで身体を流してから、真紀が椅子に座って言った。

「ええ、じゃ三キロ分だけ」

由美の姿をしたマリーが言い、体内で薬効成分をブレンドし、口移しにトロトロと真紀に注ぎ込んだ。

真紀が喉を鳴らして飲み込むと、由美は排水口の蓋を開け、シャワーの湯を出して処理する用意をした。

横で影郎が勃起しながら見ていると、たちまち真紀の体臭が変わり、全身から異常な発汗が認められた。

「う……」

そして真紀は体内の不要な異物を吐き出し、さっき放尿したばかりなのに勢いよく割れ目から液体を噴出させ、尻からも間断なく排出が開始された。

妙なる音響と、それらの混じり合った匂いが、強烈に影郎を包んで酔わせた。

由美は甲斐甲斐しく、出たものをシャワーの湯で排水口へと流し込んでいる。

それでも三キロ分なので、上下前後からの排出は間もなく治まった。

影郎は真紀の出したものの匂いに我慢できなくなり、まだ口もすすいでいない真紀を抱きすくめて唇を重ねてしまった。

「ク……」

真紀が眉をひそめて呻き、嫌々をするようにもがいた。影郎は、美女の生臭い匂いに激しく興奮しながら舌をからめたが、とうとう彼女は唇を振り放してしまった。

「ダメ……」

真紀は恥ずかしげに言い、シャワーの湯で口をすすいでから、股間の前後を洗い流した。

それでも匂いは残り、由美だけは顔をしかめもせず後処理をしてくれた。

やがて身体を拭き、三人はベッドに戻った。

「すごい勃ってるわ。あんな匂いにも興奮するの？」

「普通では嗅げない匂いだからね」

「変なの。でもこれでまたスイーツも好きなだけ食べられるわ。少し苦しいけどすごくすっきりしたので、またお願いね」

真紀は、満足げに由美に言った。

「ね、もう一度出したい」

「私はもう充分だから、由美ちゃんの中に出して」

言うと真紀が答え、由美が屈み込んでペニスにしゃぶり付き、たっぷりと生温かな唾液に濡らしてくれた。

そして身を起こすと前進して跨がり、彼自身をヌルヌルッと根元まで滑らかに膣口に納めていった。

「アア……」

由美が喘ぎ、身を重ねてきたので彼も両手で抱き留めた。

それを見ながら、真紀は自分だけ黙々と身繕いをしはじめた。やはり今夜は、本当に車で帰るらしい。

「ね、マリー、今の年齢じゃなく、二十歳の頃の由美ちゃんに戻って」

影郎が下から囁くと、たちまち由美の顔がさらに若返り、膣内の締まりも子を生む前に戻ってキュッときつく締まった。

「あう、気持ちいい……」

影郎が快感に呻き、ズンズンと股間を突き上げると、

「すごいわ。年齢まで自在なのね……」

服を着たばかりの真紀が驚いて言い、また脱いで再戦したいような勢いを見せた。しかし影郎は、もう後戻りできないほど絶頂を迫らせ、

「顔を寄せて……」

高まりながら二人を呼んだ。

そして二人にはまた唾液を垂らしてもらい、うっとりと飲み込み、それぞれに熱い息を吐きかけてもらった。

由美は若返った分、吐息は果実臭が濃く、ほとんど亜利沙と似た匂いになり、真紀は口をすすいだから、すっかり生臭さも花粉臭の刺激も薄れてしまっていた。

それでも二人分の吐息の匂いに熱気と湿り気、膣内の摩擦と締め付けに影郎は昇り詰めてしまった。

「く……！」

快感に呻きながら、ありったけのザーメンをドクンドクンと勢いよく由美の膣内にほとばしらせた。

「あぁッ……！」

由美も収縮を強めて喘ぎ、ガクガクとオルガスムスの痙攣を開始した。

「ああ、なんて気持ちいい……」

影郎は快感に喘ぎ、心置きなく最後の一滴まで出し尽くしていった。

すっかり満足しながら突き上げを弱めていくと、由美も力を抜いてもたれかかってきた。

息づく膣内でヒクヒクと過敏に幹を震わせ、二人分のかぐわしい吐息で鼻腔を満たしながら、彼はうっとりと余韻を味わった。

やがて呼吸を整え、由美がそろそろと股間を引き離すと、全てのヌメリが吸い取られ、もうティッシュの処理も必要なくなっていた。

「じゃ帰ります。また明日」

真紀が言って身を起こすと、

「暗いので駐車場まで送ってきます」

由美が言ってベッドを降り、全裸の上からコートだけ羽織り、二人で部屋を出ていった。

影郎は、そのまま横になって由美ことマリーの帰りを待つことにしたが、そのとき画面に未来の自分が現れた。

「3Pはなかなか良い」

彼が言った。

「ええ、それよりマリーは何となく真紀さんに苦手意識があるんですか」

影郎は、気になっていたことを訊いてみた。

「ああ、決して逆らうことはできないが、確かに距離を置きたがっている」

「なぜです。やはり未来で、真紀さんはマリーを性欲処理の対象にして、様々な変身をさせて激しく弄んでばかりいるから？」

「それもあるが、真紀はマリーに一人のクローンを手配させた。透き通った美少年で、真紀はそのクローンを解体して食べてしまった」

「うわ、それはすごい……」

影郎は、そんな様子を想像して、また回復しそうになってしまった。

やはり真紀の中には、初体験の相手である美少年が長く棲みついているようだった。

「ペニスだけはナマのまま嚙み切り、咀嚼《そしやく》して飲み込み、あとは切り刻んで調理した」

「か、彼女は、そんな性癖になっていくんですか……」

「ああ、ただ可愛いだけのクローンだが、マリー自身がクローンだから抵抗があるのだろう」

「なるほど、分かりました」

影郎が答えると、やがてマリーが元の姿で帰ってきて画面は消えた。

「無事に車で帰っていったわ」

「うん、お疲れ様」

影郎は言い、さすがに今夜はもう充分なので寝ることにしたのだった。

4

「今夜、うちで食事しましょう。亜利沙は友達の家に泊まるというので」

翌日の仕事を終えると、帰り際に今日香が影郎に言った。

もちろん彼も応じ、一緒にセンターを出て寮へと戻った。

真紀は、今日も生き生きと仕事をし、またマリーに会いたいような素振りだったが、さすがに昨日の今日なので少しは控えるつもりらしい。

母娘の部屋に入ると、今日香は洗濯のため持ち帰った白衣の紙袋を置き、すぐにも夕食の仕度に取りかかってくれた。

影郎は、先にシャワーを借り、リビングのソファでテレビを観ながら、彼女が持って来てくれたビールを飲んだ。

「あり合わせのものしかないけれど」

「ええ、何でもありがたいです」

彼は答え、夕食よりもそのあとへの期待に股間が熱くなっていた。

やがてテーブルに着き、二人で夕食を囲んだ。

未来では貴重になる、生野菜サラダと特大ステーキにコーンスープだ。そしてビールを空にするとワインを開け、二人で飲んだ。

逸る気持ちを抑えて味わい、全て空にすると今日香が茶を淹れてくれた。

「じゃ、私もシャワーを浴びて来るわね」

今日香が言って腰を浮かせたので、もちろん影郎は押しとどめた。

「どうか、そのままでお願いします」

「だって、ゆうべは仮眠室だったから入浴していないし、今日は資料室でさんざん調べ物と整理して、力仕事ばっかりで相当汗ばんでいるから」

「その方が嬉しいので、どうか」

彼は懇願して言い、立ち上がって脱ぎはじめた。

すると今日香も湧き上がる淫気を優先してくれたように、一緒に脱ぎながら寝室へと入った。

一糸まとわぬ熟れ肌を晒した今日香をベッドに横たえ、もちろんメガネだけはそのままだ。

影郎も全裸で勃起しながら迫り、まずは彼女の足裏に顔を押し付けて舌を這わせ、形良く揃った足指の間に鼻を押し付けて嗅いだ。

そこは生ぬるい汗と脂にジットリ湿り、今まで一番濃く蒸れた匂いが沁み付いていた。

「あう、そんなところから……」

「すごくいい匂い」

今日香がもがいて言い、彼はうっとりと嗅ぎながら爪先にしゃぶり付き、順々に指の股に舌を割り込ませて味わった。

「アアッ……、ダメ……」

彼女は喘ぎ、くすぐったそうに身をよじった。彼は両足とも全ての指の股を貪り尽くし、味と匂いを堪能した。

大股開きにさせ、まばらな体毛のある脛を舐め、脚の内側を舌でたどっていった。白くムッチリと張り詰めた内腿を通過して股間に迫ると、すでに割れ目は大量の愛液にまみれていた。

指で陰唇を広げると、膣口からは白っぽく濁った本気汁が滲み、クリトリスも小さな亀頭型をして光沢を放ち、愛撫を待つようにツンと突き立っている。

堪らずに顔を埋め込み、柔らかな茂みに鼻を擦りつけて嗅ぐと、濃厚に蒸れた汗とオシッコの匂いが悩ましく鼻腔を刺激してきた。

「いい匂い」

「あう……！」

嗅ぎながら言うと、また彼女が呻き、キュッときつく内腿で影郎の両頬を挟み付けてきた。

彼は胸を満たす匂いに噎せ返りながら舌を挿し入れ、膣口の襞をクチュクチュ掻き回し、淡い酸味のヌメリをすすってからゆっくりクリトリスまで舐め上げていった。

「アアッ……、いい気持ち……！」

今日香がビクッと顔を仰け反らせて喘ぎ、内腿に力を込めた。

影郎は舌先をチロチロと左右に蠢かせてクリトリスを刺激しては、新たに溢れてくるヌメリを舐め取り、さらに彼女の両脚を浮かせていった。

逆ハート型の豊満な尻の谷間にある、レモンの先のように突き出たピンクの蕾に鼻を埋めて蒸れた匂いを貪り、舌を這わせてヌルッと潜り込ませた。

「く……！」

今日香が呻き、キュッと肛門で舌先を締め付け、彼は滑らかな粘膜を探り、微妙に甘苦い味覚を味わった。

出し入れさせるように動かすと、白っぽい愛液が割れ目から鼻先に垂れ、ようやく脚を下ろすと影郎はヌメリを舐め取りながら再びクリトリスに吸い付いていった。

「お、お願い、入れて……」

今日香がヒクヒクと下腹を波打たせながら哀願し、彼も身を起こして股間を進めた。どうせ一回の射精ですむわけもないのである。

幹に指を添え、先端で割れ目内部を擦りながら潤いを与え、やがて張り詰めた亀頭をゆっくり膣口に潜り込ませていった。

ヌルヌルッと滑らかに根元まで嵌め込むと、

「アアッ……、いい……!」

今日香が身を弓なりに反らせて喘ぎ、味わうようにキュッキュッと上下に締め付けてきた。

彼は股間を密着させ、脚を伸ばして身を重ねながら温もりと感触を味わった。

まだ動かず、屈み込んで乳首に吸い付き、舌で転がしながら谷間や腋から漂う体臭に酔いしれた。

両の乳首を舐め、充分に顔全体で巨乳を味わうと、彼は腋の下に鼻を埋めた。

色っぽい腋毛は生ぬるく湿り、今日もミルクのように濃厚に甘ったるい汗の匂いが籠もって鼻腔を満たした。

さらに首筋を舐め上げ、上から唇を重ねると、

「ンンッ……」

すぐに今日香も歯を開いて呻き、ネットリと舌をからめてきた。

熱い鼻息で鼻腔が湿り、生温かな唾液に濡れて滑らかに蠢く舌を味わいながら彼は徐々に腰を突き動かしはじめた。

「ああ……、いい気持ち……」

今日香が口を離し、顔を仰け反らせて喘いだ。開いた口に艶めかしく唾液の糸が上下に引き、吐き出される息は濃厚な白粉臭で、うっとりと彼の鼻腔が刺激された。

次第に激しく腰を突き動かしはじめると、溢れる愛液で抽送が滑らかになり、クチュクチュと淫らな摩擦音も聞こえてきた。

今日香も腰を突き上げて喘ぎながら、収縮と潤いを高めていったが、急に動きを止めて言った。

「待って、お尻に入れてみて……」

「え？　大丈夫かな」

「一度してみたいの」

言われて彼も興味を覚えて動きを停めた。

一度してみたいと言うことは未経験で、この美熟女の肉体に残った最後の処女が頂けるということだ。

影郎は身を起こしてヌルッと引き抜き、彼女の両脚を浮かせた。

見ると割れ目から滴る愛液に、蕾も充分に潤っている。

さらに今日香も両手を尻に当て、ムッチリと谷間を広げてレモンの先のような肛門を丸出しにした。

彼は愛液にまみれた先端を蕾に押し当て、呼吸を計りながらグイッと押し込んでいった。

張り詰めた亀頭がタイミング良く潜り込み、肛門は丸く開いて襞を伸ばし、ぴんと光沢を放った。

「あう、いいわ、奥まで……」

彼女が懸命に口呼吸をして括約筋を緩めると、影郎もズブズブと根元まで潜り込ませていった。

さすがに入り口はきついが中は案外楽で、思ったほどベタつきもなく、むしろ滑らかな感触だった。

彼が膣とは違う快感を味わいながら股間を密着させると、尻が心地よく弾んだ。

「いいわ、突いて、強く奥まで何度も。中にいっぱい出して……」

今日香が尻から手を離し、自ら巨乳を揉みながらせがんだ。さらに片方の手で空いている割れ目をいじり、たっぷり愛液を付けた指の腹で激しくクリトリスを擦った。

膣内の収縮が連動するように肛門内部がキュッキュッと締まり、彼も様子を見ながら徐々に腰を突き動かしはじめていった。

彼は急激に高まり、果ては股間をぶつけるように激しく動くと、尻の丸みが何とも心地よかった。

「い、いく……！」

たちまち彼は昇り詰め、熱い大量のザーメンをドクンドクンと勢いよく注入した。

中に満ちるザーメンで、さらに動きがヌラヌラと滑らかになると、

「き、気持ちいい、アアーッ……！」

今日香も声を上げ、ガクガクと狂おしいオルガスムスの痙攣を開始した。

あるいは自らいじるクリトリス感覚での絶頂かも知れないが、肛門内部の収縮も増し、彼は心ゆくまで快感を噛み締めながら、最後の一滴まで出し尽くしていった。

「ああ……」

影郎は初体験のアナルセックスに満足しながら声を洩らし、やがて動きを停めていくと、彼女もすっかり力を抜き、熟れ肌を投げ出していた。

アヌスへの違和感も消え失せ、心地よい余韻に浸りはじめたようだ。

影郎は引き抜こうと思ったが、締め付けとヌメリでペニスは自然に押し出されてきた。

そしてヌルッと抜け落ちると、何やら美女に排泄されたような興奮を覚えた。

丸く開いた肛門は一瞬ヌメリある粘膜を覗かせたが、徐々につぼまって元の形に戻っていった。

「さあ、早く洗った方がいいわ……」

呼吸も整わないうち今日香が言って身を起こし、影郎も彼女を支えながら一緒にベッドを降り、寝室を出てバスルームへと移動していった。

5

「さあ、オシッコ出して、中も洗い流さないと」

今日香がボディソープで甲斐甲斐しくペニスを洗ってくれ、シャワーの湯でシャボンを洗い流しながら言った。

影郎も回復しそうになるのを堪え、懸命に尿意を高め、ようやくチョロチョロと放尿した。

流れが治まると彼女はもう一度湯で流して屈み込み、消毒するようにチロチロと尿道口を舐め回してくれた。

「あう……」

影郎は呻き、湯に濡れた熟れ肌を見るうち、とうとうムクムクと回復してしまった。

「まあ、すごいわ……、じゃ二回目は、前に入れて」

今日香も、これですませるつもりはなく熱っぽい眼差しで言った。やはり仕上げには、ちゃんと膣で感じたいのだろう。

さすがに今日香もバスルームではメガネを外しているので、見知らぬ全裸の美女が目の前にいるようだ。

「今日香さんもオシッコ出して」

彼は床に座って言い、目の前に今日香を立たせた。

彼女も自分から片方の足を浮かせてバスタブのふちに乗せてくれたので、影郎は開いた股間に顔を埋めた。

すっかり匂いは薄れてしまったが、柔肉を舐めると新たな愛液が溢れ、舌の動きがヌラヌラと滑らかになった。

すると奥の柔肉が艶めかしく迫り出し、味と温もりが変化した。

「あう、出るわ……」

今日香が言うなり、チョロチョロと熱い流れが勢いよくほとばしり、彼の口に注がれてきた。

「アア……」

彼の口に泡立つ音で興奮を高め、今日香は熱く喘ぎながら両手で彼の頭を押さえ、グイグイと割れ目を押し付けてきた。

彼も夢中で味わい、喉に流し込んでいった。

味も匂いも淡く控えめだったが、勢いが良く量が多いので、口から溢れた分が心地よく肌を伝い流れ、ピンピンに回復したペニスが温かく浸された。

彼女も遠慮なく出しきり、ようやく流れが治まった。

影郎は余りの雫をすすり、悩ましい残り香の中で舌を這わせた。

残尿を洗い流すように新たな愛液が大量に溢れて淡い酸味のヌメリが満ち、滴る雫もツツーッと糸を引きはじめた。

「も、もういいわ、続きはベッドで……」

すっかり感じた今日香が言って腰を引き、二人はもう一度シャワーを浴びて全身を洗い流した。

身体を拭いてベッドに戻ると、今日香は再びメガネを掛けた。

「これも着て」

影郎は言い、紙袋に入っていた白衣を出して渡した。

「汗臭いままなのに……」

今日香も受け取り、洗濯するはずだった白衣を羽織ってくれた。

これで、昼間見慣れている美人博士に戻り、開いた前から覗く巨乳も実に艶めかしかった。

影郎がベッドに仰向けになると、すぐにも今日香が彼を大股開きにさせて腹這いになり、股間に顔を寄せてきた。

3Pも良いが、やはり秘め事は一対一の密室に限ると彼は思った。

彼も身を投げ出し、股間に熱い息を感じながら期待と興奮に胸を高鳴らせた。

今日香はまず彼の両脚を浮かせて尻の谷間を舐め回し、ヌルッと潜り込ませてくれた。

「あう……」

影郎は快感に呻き、モグモグと美女の舌先を肛門で締め付けた。

彼女が熱い鼻息で陰嚢をくすぐりながら、内部で舌を蠢かせると、内側から刺激されたペニスがヒクヒクと上下し、先端から粘液を滲ませた。

やがて足が下ろされると、今日香は陰嚢にしゃぶり付き、二つの睾丸を舌で転がし、時にチュッと吸い付いた。

「く……」

急所なので、強く吸われると彼は呻き、思わずビクリと腰を浮かせた。

やがて袋全体を生温かな唾液にまみれさせると、今日香は肉棒の裏側に舌を這わせ、ゆっくりと舐め上げてきた。

「ああ、気持ちいい……」

影郎は快感に喘ぎ、ヒクヒクと幹を震わせた。

今日香は粘液の滲む尿道口をチロチロと舐め回し、張り詰めた亀頭をくわえ、モグモグとたぐるように喉の奥まで呑み込んでいった。

温かく濡れた口の中にスッポリ含まれると、何やら彼は美女のかぐわしい口に全身が含まれ、唾液にまみれて舌で転がされているような錯覚に陥った。

「ンン……」

今日香は熱く鼻を鳴らし、息で恥毛をそよがせながら念入りに舌をからめた。

そして顔を上下させ、スポスポと強烈な摩擦を繰り返し、溢れた唾液が陰嚢まで生温かく濡らしてきた。

「い、いきそう……」

すっかり高まった影郎が言うと、すぐに彼女もスポンと口を引き離し、身を起こして前進してきた。

彼の股間に跨がり、今日香は先端に割れ目をあてがい、息を詰めるとゆっくり腰を沈み込ませていった。

「アアッ……、いい気持ち……！」

ヌルヌルッと根元まで受け入れると今日香は顔を仰け反らせて喘ぎ、ピッタリと股間を密着させてきた。

そしてグリグリと股間を擦り付けてから身を重ね、彼も感触と温もりに包まれながら両手でしがみつき、両膝を立てて豊満な尻を支えた。

すぐにも彼女が腰を遣いはじめたので、影郎もズンズンと股間を突き上げ、肉襞の摩擦を感じながら唇を求めた。

彼女も舌をからめ、たちまち二人の動きがリズミカルに一致していった。

大量に溢れる愛液が陰嚢の脇を伝い流れ、彼の肛門まで生温かくヌメらせた。

「アア……、すぐいきそうよ……」

今日香が唾液の糸を引いて口を離し、熱く喘いだ。

シャワーは浴びても歯磨きはしていないので、吐息に含まれる濃厚な白粉臭が刺激的に彼の鼻腔を掻き回してきた。

「唾を飲ませて……」

下から言うと今日香もたっぷりと分泌させて口を寄せ、白っぽく小泡の多い唾液をトロトロと吐き出してくれた。彼は舌に受けて味わい、うっとりと喉を潤して酔いしれた。

「顔にもかけてヌルヌルにして……」

さらにせがむと、強化も興奮に任せて顔を迫らせ、すぼめた唇からぺっと勢いよく唾液を吐きかけてくれた。

「ああ……」

かぐわしい息とともに生温かな唾液に固まりを鼻筋に受け、影郎は快感に喘いだ。さらに今日香は唾液を垂らしながら彼の鼻の頭から頬までヌラヌラと舐め回し、顔じゅうを唾液パックしてくれた。

「い、いきそう……」

「いいわ、私もいくから……」

限界を迫らせて言うと、彼女も動きと締め付けを強めて答えた。

たちまち影郎は溶けてしまいそうな絶頂の快感に包み込まれ、ありったけの熱いザーメンをドクンドクンと勢いよくほとばしらせた。

「あう、いく……、アアーッ……！」

噴出を感じた途端に今日香も声を上げ、ガクガクと狂おしい痙攣を開始し、大きなオルガスムスが得られたようだった。

彼は快感を噛み締め、心置きなく最後の一滴まで出し尽くした。

アナルセックスも新鮮だったが、やはり正規の場所が最高である。

今日香もまた、さっきの体験は前戯のようで、今こそ本格的に深い快感にのめり込んでいた。

すっかり満足しながら突き上げを弱めていくと、

「ああ、良かったわ……」

今日香も声を洩らし、熟れ肌の硬直を解きながらグッタリと彼に体重を預けてきた。

まだ名残惜しげに収縮を繰り返す膣内に刺激され、彼自身はヒクヒクと内部で過敏に跳ね上がった。

「あう、もう堪忍……」

今日香も感じすぎるように呻き、キュッときつく締め上げてきた。

影郎は美熟女の重みと温もりを受け止め、濃厚な吐息で鼻腔を満たしながら、うっとりと快感の余韻に浸り込んでいった。

完全に動きが止まると、二人は重なり合いながら荒い息遣いを整えた。

やがて今日香が、そろそろと身を離していった。

「泊まってほしいけど、明日は朝から忙しいの」

「ええ、僕は自分の部屋に戻りますね。明日は何か？」

「アメリカから研究員が出張で来るのよ。一日だけだけど、相当に優秀らしいから緊張するわ」

今日香が言い、影郎は自分の部屋でシャワーを浴びようと思い、ティッシュで拭いただけで身繕いをした。

そして今日香の部屋を辞した彼は自室に戻り、今日の満足の数々を思いながら心地よい眠りに就いたのであった。

第六章　淫らな同性いじめ

1

「今日一日出張してきた、アメリカのリンダ・タカハシよ」

　朝、今日香が所員を集めて一人の金髪美女を紹介した。

　三十代半ばほどか、目元に淡いソバカスがあり、白衣の胸が豊かに膨らんだ、知的な顔立ちとグラマーな肉体を持つハーフだった。昨日アメリカから到着し、日本全国にある宇宙センターを一日ずつ回る予定らしい。

「リンダです。日本語は大丈夫です。明朝すぐ西へ回るので、今夜は仮眠所をお借りします。よろしく」

リンダが自己紹介した。やはり一泊ずつ各地を回るならホテルでなく、そのセンターに泊まる方が便利で安上がりなのだろう。

やがて所員たちの一日が始まり、リンダも各部署を回って見学をした。

「軌道の自動監視システム、この部分にバグが出ているわ。注意して」

影郎の担当する場所にリンダが来て、肩越しに言った。

「え……？　ああ、本当だ……」

彼は慌ててデータを確認し、ミスに気づいて答えた。

「ええ、修正してね」

リンダが言い、影郎の背に巨乳が僅かに触れ、湿り気ある吐息のシナモン臭が感じられて思わず股間が熱くなってしまった。

さすがに優秀らしく、全てのシステムを把握しているのだろう。

その後もリンダはあちこち回っては、細かなエラーを指摘していた。

「私にミスなんて有り得ません」

真紀が言われて、早速リンダに反発していた。

真紀も実に天才的なほど優秀だが、相当にプライドも高く、いきなり来た人に慣れたシステムにケチを付けられたと思ったのだろう。

「いいから確認して」

リンダが言い、真紀も渋々キイを叩いてデータを開いた。

「ほら、ここの部分」

「あ……」

真紀が絶句し、礼も謝罪もせず憤然として修正を加えた。

この分では、リンダは単なる顔見せではなく、本気で各地の宇宙センターを回って正確さを徹底させているようだった。

確かに宇宙規模となると、ほんの僅かな誤差が後々大きな間違いになっていくのである。

やがて昼休みになって、影郎は外へ出たが、リンダはコンビニ食を買い込んでいたらしく勝手にデスクの隅で昼食にしていた。

「まったく、生意気な人だわ」

真紀が一緒に来て、影郎と定食屋で昼食を囲んで言った。

影郎はフライ盛り合わせ定食、彼女は天ぷら蕎麦だ。

「綺麗な外人だからって、男たちはみんなデレデレして」

真紀は、影郎のことも含めて言っているのだろう。

「まあ、優秀には違いないね。ヒューストンでは日本語の教師も兼任しているようだ。日本人の宇宙飛行士も多く参入しはじめているからね」

「夕食は、皆でリンダを囲んで宴会だって。私行きたくないわ」

「まあそう言わずに。明日の朝には移動しているんだから」

影郎は苦笑して食事を終え、やがて一緒にセンターへ戻った。

午後も、リンダは颯爽と動き回り、各システムの不備をチェックしていたが、真紀ほど反発を感じるものはおらず、みな感心して職務への責任感を再認識しているようだった。

やがて夕方、一同でモールにあるレストランへ出向き、リンダの歓迎会と送別会を開催した。

乾杯して料理をつまみ、リンダは今日香と並んで座り、その向かいに影郎。真紀は他の所員たちの方へ行ってしまった。

少々飲んでもリンダは乱れず、多少笑みを浮かべて打ち解けはしたものの、明日も早いからと姿勢を崩すことはなかった。

そしてお開きとなり、所員たちの大半はそのまま帰途につき、寮のものだけセンターに戻り、システムのチェックをしたが、それも順々に帰っていった。

今日香も今夜は寮に帰ってしまい、他に泊まるものはいなくて、残ったのはリンダと影郎。そして、ようやくチェックをすませた真紀が帰ろうとしているところだった。

「夜明けには勝手に始発で出ていくので、皆様によろしく」

リンダが影郎に言う。

「ええ、お世話になりました。では一応、仮眠所の説明を」

影郎は答え、やはり一応女性同士として真紀も同行させ、リンダ用の仮眠部屋へと案内した。

所員たちが複数で泊まる簡易ベッドの部屋ではなく、来客用の個室だから、ベッドもちゃんとしたもので、バスルームも完備している。

真紀も、嫌々ながらバストイレや備品の説明をした。

影郎は、何とかリンダと懇ろになれないかと画策していた。やはり女性を一人でセンターに泊めるというのも気が引けるので、早く真紀が帰れば良いのにと思った。

すると、いきなりリンダが真紀を羽交い締めにし、強引に唇を奪おうとしたではないか。

「な、何するの……、痛いわ、離して……！」

真紀は驚き、懸命にもがいたがリンダも相当に力が強いようで、とうとう無理矢理唇を重ねてしまった。

「ク……！」

真紀が眉をひそめて呻き、どうやらリンダの唇に嚙みついたようだ。

リンダはすぐに唇を離し、激しい勢いで真紀の頰に平手打ちを食わせた。

「キャッ……！」

小気味よい音が響き、真紀が悲鳴を上げてベッドに倒れ込むと、リンダはのしかかった。そして備え付けの浴衣の帯を取り、彼女の両手首を縛り上げ、ベッドの桟に括り付けて固定してしまった。

突然のことに影郎は驚き、呆然とするばかりだ。

「今度嚙んだら、その綺麗な顔に引っ搔き傷が残るわよ」

リンダが近々と顔を寄せて囁く、もう一度頰に手を当てながらピッタリと唇を押し付けた。

「ンン……」

今度は舌が潜り込んだようだが、真紀は呻きながら嚙む気力もないようだ。

美女同士が熱い息を籠もらせ、舌をからめながらリンダは手早く巧みに互いのブラウスのボタンを外しはじめていた。

混じり合った体臭が悩ましく室内に籠もり、見ながら影郎は激しく勃起してきてしまった。

いて良いものか、邪魔なら退散すべきか、あるいはリンダを止めて真紀を助けるべきか、自分も脱いで参加して良いのか迷っていた。

ようやく、唾液の糸を引いて唇が離れると、真紀は固定された両手を押し上げたまま荒い息遣いを繰り返し、すっかり力が抜けてしまっていた。

リンダは、自分だけ先に手早く全裸になり、真紀のブラウスを左右に開いてブラのフロントホックを外し、さらにスカートとパンスト、ショーツまで全て脱がせてしまった。

「カゲローも脱いで」

リンダに言われ、影郎はビクリと反応しながら、やがて黙々と脱ぎ去っていった。このまま、ここにいて良いのだと思うと嬉しくて、彼自身は最大限に突き立った。

そして彼も全裸になり、まずは椅子に座って成り行きを見守ることにした。

リンダは再び真紀にのしかかり、乳首に吸い付いてもう片方を揉み、そのタッチは実に荒々しいもので、

「アアッ……、い、痛いわ……」

真紀が嫌々をして喘いだ。どうやらレズの気のあるリンダは歯を立てているらしく、激しい愛撫が好みのようだった。

両の乳首を愛撫すると、リンダは真紀の肌を舐め降り、とうとう大股開きにさせて股間に顔を埋め込んだ。

「ああ……」

真紀も敏感な部分を荒々しく貪られて喘ぎ、違和感や嫌悪感の入り混じった複雑な表情で顔をしかめていた。

やはり好みの、可憐な足立由美のようなタイプではないので抵抗感の方が強いのだろうが、それでもクリトリスを吸われるうち、熱い息遣いが間断なく洩れるようになっていった。

リンダは彼女の股間に熱い息を籠もらせ、執拗に舌を這わせていた。

実に白いミルク色の肌をし、豊満な尻が突き出されているので、とうとう影郎も我慢できずリンダの尻に迫っていった。

バックから豊かな双丘に顔を埋め、可憐なピンクの蕾に鼻を埋めると、蒸れた匂いが悩ましく籠もっていた。

やがて充分に嗅いでから舌を這わせ、息づく襞を濡らし、ヌルッと潜り込ませて滑らかな粘膜を探っていった。

2

「あう……、もっと……」

リンダが尻を突き出して呻き、モグモグと肛門で影郎の舌先を締め付けた。

彼も執拗に舌を出し入れさせ、ほのかに甘苦い粘膜を味わい、真下の割れ目にも指を這わせると大量の愛液が溢れてきた。

充分に味わってから舌を引き離し、リンダがうつ伏せのため割れ目は舐められないので、彼はリンダの足裏に舌を這わせ、太くしっかりした指の股に鼻を割り込ませて嗅いだ。

やはりそこは汗と脂にジットリ湿り、ムレムレの匂いが濃く沁み付いていたが特に日本女性と違う匂いではない。

影郎は蒸れた匂いを貪ってから爪先にしゃぶり付き、両方とも味と匂いを堪能し尽くした。

するとリンダが身を起こし、いきなり顔を上げて彼の股間に口を寄せてきたのだ。突き出すと、そのままスッポリと呑み込まれ、舌が蠢いて生温かな唾液にたっぷりと濡らしてもらった。

真紀は刺激が止んで、股間を庇うように横向きになった。

両腕が固定されているので紐がよじれ、息づく尻も見えて艶めかしい姿になっていた。

「ンン……」

リンダは熱く呻き、充分に舌をからめて唾液にまみれさせると、すぐにスポンと口を離した。

「さあカゲロー、マキを犯して、うんと乱暴に」

リンダが言い、影郎も真紀に迫った。

もちろん舐めもせずいきなり挿入なんて事はしない。

まずは真紀の爪先に鼻を埋めて蒸れた匂いを嗅ぎ、股間に顔を埋めて恥毛に籠もる匂いを貪った。

恥毛には蒸れた汗とオシッコの匂いが沁み付き、大量の潤いは愛液とリンダの唾液であろう。

彼は匂いとヌメリを貪り、脚を浮かせて尻の谷間にも鼻を埋め込んだ。

可憐な蕾には生々しく秘めやかな匂いが沁み付き、彼は胸を満たしてから舌を這わせ、ヌルッと潜り込ませた。

「あう……」

真紀が呻いて肛門を締め付けると、リンダが彼女の体をうつ伏せにさせ、尻を突き出させた。そして手のひらで思い切りピシャリと叩いた。

「ヒッ……！」

「さあ、犯すのよ」

真紀が息を呑み、リンダに言われて彼も身を起こした。

再び仰向けに戻し、正常位で股間を進めると、濡れた割れ目に先端を押し当て一気にヌルヌルッと挿入していった。

「アアッ……！」

根元まで貫くと真紀が顔を仰け反らせて喘ぎ、彼は股間を密着させて身を重ねていった。

温もりと感触、締め付けを味わいながら屈み込み、ほんのりリンダの唾液の匂いの残る乳首に吸い付いて舌で転がすと、リンダが彼の背中を舐め回し、ときにキュッと歯を立て、尻の谷間も舐めてくれた。

「く……」

舌がヌルッと潜り込むと、影郎はハーフ美女の舌先を肛門で締め付けて呻き、真紀の左右の乳首を味わい、乱れたブラウスの中に潜り込み、腋の下に鼻を埋めて濃厚に甘ったるい汗の匂いに噎せ返った。

さらに真紀に唇を重ね、舌をからめながらズンズンと腰を突き動かしはじめると、リンダも尻から口を離して移動してきた。

「アア……、卯月さん、リンダを追い出して……」

真紀が口を離して言い、彼は熱く湿り気ある、濃厚な花粉臭の吐息を嗅いで高まった。

「私は出ていかないわ。お前みたいな生意気な女を苛めるのが大好きなの」

リンダが言い、身を重ねている彼を起こし、真紀の顔に跨がった。

「さあ、うんと舐めさせてあげるわ」

割れ目を彼女の顔にヌラヌラと擦り付けながら言った。

「ク……」

真紀は顔をしかめて呻きながらも、叩かれるのが恐いのか仕方なく舌を這わせはじめたようだ。

「ここもよ、中に舌を入れて」

リンダが前進し、自ら豊満な尻の谷間をムッチリと両手で開き、肛門を真紀の口に押し付けた。真紀も息を震わせて舌を這わせた。

するとリンダは、真紀に股間の前後を舐めさせながら、正面にいる影郎に唇を重ねてきた。

仰向けの真紀に影郎が正常位で挿入し、真紀の顔に跨がったリンダと唇を重ねている。真横から見ると、ちょうど正三角形だろう。

「ンン……」

リンダは真紀に割れ目を舐めさせながら熱く鼻を鳴らし、腰を動かしている影郎と念入りに舌をからめた。滑らかに蠢く舌は犬のように長く、彼の口の中を舐め回し、彼も生温かな唾液でうっとりと喉を潤した。

「ああ、いい気持ち……」

リンダが口を離し、真紀の顔に股間を擦り付けながら悩ましげに喘いだ。

口から吐き出される息は燃えるように熱く、濃厚なシナモン臭が影郎の鼻腔を艶めかしく刺激した。

影郎はリンダの巨乳にも顔を埋め、乳首を吸いながら濃厚な体臭で鼻腔を満たした。美しい目元ばかりでなく、リンダの胸元にも細かなソバカスがあり、滑らかな肌がうねうねと悶えていた。

左右の乳首を味わい、汗に湿る腋の下にも鼻を埋め込んで嗅ぐと、ミルクに似た体臭が甘ったるく籠もって鼻腔を満たしてきた。

「ね、リンダの割れ目も舐めたい」

充分に嗅ぎ、腰を動かしながら言うと、ようやくリンダも真紀の顔から身を起こし、立ち上がって彼の顔に股間を押しつけてきた。

ブロンドの恥毛に鼻を押し付けて嗅ぐと、腋に似た濃厚な匂いが蒸れて籠もり悩ましく鼻腔を掻き回した。

舌を這わせると淡い酸味の愛液が大量に溢れ、クリトリスは実に大きく幼児のペニスほどもあった。それに吸い付くと、

「アア……、いきそう……」

リンダが喘ぎ、溢れた愛液が滑らかな内腿にまで伝い流れはじめた。

「ね、リンダの中でいきたい」

「ダメ、今はマキに放つのよ」

せがんだが断られ、影郎も仕方なく真紀の感触に専念した。

するとリンダは添い寝し、真紀の耳を舐め、頬にそっと歯を立てた。

「ああ、止めて……」

「嚙み切ってしまいたいわ。嬉しいって言いなさい」

リンダが近々と睨んで言うと、真紀も怯えた目を上げ、

「う、嬉しい……」

小さく答えた。

「そう言い子ね。口を開けて」

リンダに言われ、真紀がオズオズと口を開くと、彼女はそこにペッと唾液を吐きかけた。さらにかーっと喉を鳴らして痰まで吐き出したのである。

(わあ、羨ましい……)

影郎は興奮を高めて思いながら、真紀の膣内で幹を震わせた。

「美味しいって言いなさい」

「お、美味しい……」

「私のことが好き?」

「え、ええ、好きです……、アアッ……!」

真紀が言うなり、長く続いて律動に熱く喘ぎはじめた。

膣内の蠢動と潤いが増し、締め付けが強くなった。しかも中の柔肉が迫り出すように盛り上がるので、ややもすればペニスが押し出されそうになる。

それをグッと堪えて押し付けながら動くと、さらにリンダが真紀の顔にもペッと強く唾液を吐きかけた。

「い、いきそう……!」

とうとう被虐の中で真紀が声を上ずらせ、粗相したように大量の愛液を漏らして、吸い付くような名器ぶりを発揮した。

どうやら名器というのは生まれついてのものではなく、興奮や快感により誰でも激しい収縮を起こすものらしい。

とうとう影郎も絶頂に達してしまい、股間をぶつけるように動きながら大きな快感に貫かれた。

「く……!」

呻きながら、勢いよくドクンドクンと射精すると、

「アアーッ……！」

真紀が涙を流しながら激しく声を上げ、ガクガクと狂おしい痙攣を開始したのだった。どうやら、今までで一番激しいオルガスムスのようである。

影郎は最後の一滴まで出し尽くし、深い満足の中で力を抜いてゆき、真紀とリンダの混じり合った吐息を嗅ぎながら余韻に浸っていった。

3

「さあ、これでぐっすり眠れるでしょう。このベッドを使っていいわ」

リンダが言い、ようやく真紀の縛《いまし》めを解きながら布団を掛けてやった。

真紀も、精根尽き果ててシャワーを浴びる気力も湧かず、そのまま力を抜くと目を閉じてしまった。

「さあ、行きましょう。カゲローの部屋へ」

リンダが手早く身繕いをして言うので、影郎も急いで服を着て、すでに寝息を立てはじめている真紀をそのままに、そっと仮眠室を出た。

センターを出て寮へ戻ると、影郎はまた激しくムクムクと回復しながらリンダを迎え入れた。

寝室に入ると、気が急くように互いに全裸になり、彼はベッドに仰向けになった。たちまちリンダも一糸まとわぬ姿になり、巨乳を揺すって彼の股間に跨がってきた。

上からヌルヌルッと彼自身を膣内に受け入れると、

「アアッ……！」

リンダが顔を仰け反らせて喘ぎ、キュッときつく締め上げながら、すぐにも身を重ねてきた。

影郎も感触と温もりを感じながら、やはり二人きりの方が良いと思った。

下から両手を回してしがみつき、両膝を立てて蠢く豊満な尻を支えた。

中は熱く濡れて収縮し、真紀以上の名器に思えた。

そしてズンズンと股間を突き上げ、肉襞の摩擦を味わいながら唇を重ね、長い舌を舐め回して滴る唾液をすすった。

「アア、すぐいきそうよ……」

リンダが口を離して言い、締め付けを強めてきた。

「唾と痰を出して」

言うとリンダも、さっき真紀にしたように激しく吐き出し、好きなだけ飲ませてくれた。影郎はうっとりと酔いしれ、ハーフ美女のシナモン臭の吐息で急激に絶頂を迫らせた。

「い、いく……！」

あっという間に昇り詰めて呻き、ありったけのザーメンをほとばしらせると、

「いい気持ち……、アアーッ……！」

リンダが熱く喘ぎ、ガクガクとオルガスムスの痙攣を開始した。

影郎は心ゆくまで快感を嚙み締め、最後の一滴まで出し尽くしていった。

満足しながら突き上げを弱めていくと、

「ああ……」

リンダも声を洩らし、強ばりを解いてグッタリともたれかかってきた。

息づく膣内でヒクヒクと幹を過敏に震わせ、影郎は美女の吐息を嗅ぎながらうっとりと余韻を嚙み締めた。

リンダも、荒い息遣いを繰り返し、やがて顔を上げて近々と彼を見下ろした。

その顔は、何とのっぺりとした卵に目鼻ではないか。

「マ、マリーだったのか、リンダは……！」

影郎は驚いて目を見開いた。

「ええ、リンダ・タカハシはアメリカ宇宙局にいる実在の人。でも日本に来ることはないし、英語しか出来ないわ」

マリーが言う。どうやら、彼まで朝から騙されていたのである。

「ど、どうして……」

「真紀博士の、サディズムの芽を摘み取るためよ。未来のクローンたちが虐待されないように」

マリーが重なったまま言う。

なるほど、それでマリーは、真紀をマゾにしてしまうため技術を駆使したのだろう。同時に、各部署の微妙なミスも訂正してくれたのである。

この時代のネットもメールもマリーにとっては自在だから、リンダの来訪を主任である今日香に告げ、本当の使節のように演じていたのだった。

そしてマリーは、センターの誰も、今後とも出逢う未来のない美しいリンダをモデルに選んだのだろう。

それほどマリーにとっては、親代わりとはいえ真紀のサディズムを快く思っていなかったようだ。

何のことはない。今日の濃厚な3Pも、先日と同じメンバーだったのだ。

「さあ、お風呂に入って今夜は寝ましょう」

乗っていたマリーが言い、そろそろと股間を引き離すと、軽々と影郎を抱いてバスルームへと移動したのだった……。


——翌朝、影郎は朝食を終えると、いつも通りセンターに出勤した。

真紀も、もう白衣姿で自分のデスクにいた。

「大丈夫だった？」

声を掛けると、真紀は立ち上がり、

「こっちへ……」

彼の袖を引いて誰もいない資料室へと入った。

「ああ、夢のようだったわ……」

二人きりになると、真紀が激しく影郎にしがみついて言った。

「叩かれるなんて生まれて初めて。私いままで苛める派だと自分で思っていたけど、そうじゃないみたい。またリンダに会いたいわ……」

彼女が熱っぽく言い、影郎は湿り気ある花粉臭の吐息に勃起した。

「そう、でもリンダは今日もどこかの宇宙センターで、回り終えればアメリカへ帰ってしまうよ」

「ええ、分かってるわ。だからお願い、マリーをリンダに変身させて、またうんと苛められたいの……」

真紀が言う。影郎も、リンダの正体が元々マリーだったとは、言うつもりはなかった。

「うん、そのうち頼んでみよう」

影郎は言いながら白衣の裾を開き、下着ごとズボンを下ろして机に腰掛けた。

そして真紀を椅子に座らせて先端を突き出すと、

「ンン……」

真紀もすぐ亀頭にしゃぶり付き、熱く鼻を鳴らして吸った。

センター内で、しかも勤務時間中、白衣姿の美女にしゃぶられるのは何とも激しい興奮が湧いた。

彼女も深々とスッポリ含み、幹を締め付けると頬をすぼめて吸い付き、口の中ではチロチロと満遍なく舌をからめてくれた。

たちまち彼自身は温かな唾液にまみれ、急激に高まって震えた。

影郎は彼女の髪を両手で摑み、強引に顔を前後させ、スポスポとリズミカルな摩擦を繰り返した。

サドは彼のキャラではないが、真紀は強引にされることを望んでいるようだ。

彼女も歯を当てないように唇の締め付けと摩擦、舌の蠢きと吸引を繰り返し、溢れた唾液を顎からツツーッと淫らに滴らせた。

「ああ、気持ちいい、いく……!」

たちまち影郎は吸引と摩擦の中で昇り詰め、声を洩らしながらドクンドクンと勢いよくザーメンをほとばしらせてしまった。

「ク……、ンン……」

喉の奥を直撃された真紀が、噎せそうになって微かに眉をひそめて呻き、それでも強烈な愛撫を続行してくれた。

影郎は、美女の口を汚す興奮に包まれながら、快感の中で心置きなく最後の一滴まで絞り尽くしていった。

「ああ……」

彼は力を抜いて喘ぎ、彼女の髪から両手を離した。

真紀も動きを止め、口に溜まったザーメンをコクンと一息に飲み干し、

「く……」

彼は締まる口腔に駄目押しの快感を得て呻いた。

ようやく真紀も口を離し、なおも幹をニギニギとしごいて余りを絞り出した。

そして尿道口に膨らむ白濁の雫まで、ペロペロと丁寧に舐め取って綺麗にしてくれたのだった。

「あうう、もういい、ありがとう……」

影郎は過敏に幹をヒクヒクさせて呻き、荒い息遣いを繰り返しながら、うっとりと快感の余韻を味わったのだった。

やっと彼女も口を離し、チロリと舌なめずりして彼を見上げた。

「今夜、マリーと三人で、いい？」

真紀が、待ち切れないように言う。

「こ、今夜はまだ早すぎるよ。今度の休みの前にしよう」

「分かったわ……」

真紀も仕方なく頷き、やがて先に資料室を出ていった。

身繕いした影郎も呼吸を整え、廊下に誰もいないのを見計らってから、自分の部署へと戻ったのだった。

4

「今夜はママがセンターにお泊まりの日だから、これから来てくれませんか」

夕食を終えた頃、亜利沙から影郎にLINEが入った。

すぐ行くので、シャワーも浴びずそのまま待つように返信し、彼は慌ててシャワーと歯磨きをすませて部屋を出た。

急いで二階の部屋に行くと、すぐにも亜利沙が自室に迎え入れてくれた。

「今日体育があったんですよ。それでもシャワー浴びちゃダメなんですか」

亜利沙がモジモジと言い、彼は急激に勃起した。

「わあ、嬉しい。じゃすぐ脱ごうね」

影郎は言って手早く全裸になると、思春期の体臭の沁み付いたベッドに横たわった。

亜利沙もいったん脱ぎはじめてしまうと、もうためらいなく最後の一枚まで脱ぎ去り、ベッドに上ってきた。

「ね、顔に足を乗せて」

「ああ、いいのかな、そんなこと……」

言うと彼女は、ためらいと羞じらいに甘ったるい匂いを揺らめかせながら、彼の顔の横に立った。

そして壁に手を突いて身体を支えながら、そろそろと片方の足を浮かせ、そっと影郎の顔に足裏を乗せてきてくれた。

「もっとグリグリ踏んで」

「あん、変な感じ……」

言うと亜利沙も、やや力を込めて踏みながら声を震わせた。

見上げると、ムチムチと健康的な張りを持つ両脚がニョッキリと真上に伸び、快感を知りはじめた割れ目が見え隠れしている。

足裏を舐め回しながら縮こまった指の間に鼻を押し付けて嗅ぐと、そこは生ぬるい汗と脂にジットリと湿り、今までで一番濃いムレムレの匂いを沁み付かせていた。

影郎は、美少女の蒸れた足の匂いで鼻腔を刺激され、うっとりと胸を満たしながら爪先にしゃぶり付いた。

「あう……」

指の股にヌルッと舌を割り込ませると、亜利沙がビクリと反応して呻いた。

彼は味と匂いを貪ると足を交代してもらい、そちらも全ての指の間をしゃぶり尽くしてしまった。

そして足首を握って顔の両側へ置き、

「じゃしゃがんでね」

真下から言うと、亜利沙も羞恥に脚を震わせながら、そろそろと和式トイレスタイルでしゃがみ込んでくれた。

両脚がM字になり、ムッチリと張り詰めた内腿が真上を覆い、ぷっくりした割れ目が鼻先に迫ってきた。

腰を抱き寄せて恥毛に鼻を埋めると、蒸れた汗とオシッコの匂いが悩ましく鼻腔を掻き回し、彼はうっとりと酔いしれながら舌を這わせた。

陰唇の内側と柔肉は清らかな蜜で滑らかに濡れ、彼は淡い酸味のヌメリを掻き回しながら、膣口からクリトリスまで舐め上げていった。

「アアッ……！」

亜利沙が喘ぎ、思わずキュッと割れ目を彼の鼻と口に押し付けてきた。

影郎は美少女の体臭で胸を満たし、執拗にチロチロとクリトリスを舐めた。

愛液の量もヌラヌラと格段に増え、彼はすすって喉を潤してから、尻の真下に潜り込んでいった。

顔に双丘を受け止めながら、谷間の可憐な蕾に鼻を埋めて嗅ぐと、やはり蒸れた匂いが悩ましく鼻腔を刺激してきた。

舌を這わせてヌルッと潜り込ませ、滑らかな粘膜を探ると、

「あう……、ダメ……」

亜利沙が呻き、キュッと肛門で舌先を締め付けてきた。

充分に舌を蠢かせてから再び割れ目に戻り、大量のヌメリを舐め取ってクリトリスに吸い付くと、

「い、いきそう……」

彼女が言ってビクッと股間を引き離し、攻勢に転じるように移動していった。

屈み込んで粘液の滲む尿道口を舐め回し、丸く開いた口でスッポリと喉の奥まで呑み込んでくれた。

「ああ、気持ちいい……」

影郎は美少女の口の中で幹を震わせて喘ぎ、ズンズンと股間を突き上げた。

亜利沙も舌をからめながら、顔を上下させスポスポと摩擦してくれた。

たちまち彼自身は生温かな唾液にまみれ、急激に絶頂を迫らせた。

「上から入れて……」

すっかり高まって言うと、亜利沙もチュパッと軽やかな音を立てて口を離し、身を起こして前進してきた。

跨がり、幹に指を添えると先端に割れ目を押し当て、息を詰めてゆっくり腰を沈み込ませると、屹立したペニスはヌルヌルッと滑らかな肉襞の摩擦を受け、根元まで呑み込まれていった。

「アアッ……！」

亜利沙が熱く喘ぎ、ピッタリと股間を密着させて座り込んだ。

影郎も温もりと感触を味わいながら、両手で彼女を抱き寄せ、両膝を立てて弾力ある尻を支えた。

そして潜り込んでピンクの乳首に吸い付き、舌で転がしながら顔で張りのある膨らみを味わった。彼女がビクッと反応するたび締め付けが増し、胸元や腋から甘ったるい匂いが漂った。

左右の乳首を充分に舐めてから、腋の下にも鼻を埋め、濃厚に甘ったるい汗の匂いで胸をいっぱいに満たした。

もう堪らず、ズンズンと小刻みに股間を突き上げながら、顔を抱き寄せてピッタリと唇を重ねると、

「ンンッ……」

亜利沙が熱く呻き、鼻息が彼の鼻腔をもわっと満たして湿らせた。

舌を挿し入れて滑らかな歯並びを左右にたどり、さらに奥へ潜り込ませると、彼女もチロチロと遊んでくれるように舌をからめてきた。

溢れる愛液で次第に動きが滑らかになると、彼女も合わせて動きはじめ、

「ああ……、いい気持ち……」

唇を離してうっとりと喘いだ。

開いた口に鼻を押し込んで嗅ぐと、胸が切なくなるほど甘酸っぱい息の匂いが鼻腔を刺激してきた。

「ああ、いい匂い……」

美少女の桃息を嗅ぎながら突き上げを強めると、ピチャクチャと湿った摩擦音が聞こえてきた。

「ね、ゲップ出して。天使の胃の中の匂いも嗅いでみたい」

「出ないわ、すごく嫌な匂いだったらどうするの……」

「もっとメロメロになっちゃう」

期待に胸を震わせて答えると、彼女も膣内にある幹の脈打ちで、本当に彼が望んでいると察したように、懸命に空気を呑み込んでは息を詰めた。

ようやくケフッと可愛いおくびが漏れると、影郎は果実臭に混じる、ほんのりコロッケ臭のする生臭い気体に鼻腔を刺激され、貪るように嗅ぎながらあっという間に昇り詰めてしまった。

「い、いく……！」

影郎は激しい快感に呻きながら、ありったけの熱いザーメンをドクンドクンと勢いよく柔肉の奥にほとばしらせてしまった。

「あ、熱いわ……、アアーッ……！」

噴出を感じた途端に亜利沙も声を上ずらせ、ガクガクと狂おしいオルガスムスの痙攣を開始したのだった。膣内の収縮が増し、潮を噴くような愛液で互いの股間がビショビショになった。

彼は心ゆくまで快感を噛み締め、最後の一滴まで出し尽くすと、満足しながら徐々に突き上げを弱めていった。

「ああ……」

亜利沙も声を洩らし、肌の硬直を解きながらグッタリともたれかかってきた。

やはり、回を重ねるごとに彼女の快感も大きくなっているようだ。

影郎は力を抜いた美少女の重みと温もりを受け止め、まだ息づく膣内でヒクヒクと過敏に幹を跳ね上げた。

そして、甘酸っぱい果実臭に戻った亜利沙の吐息を胸いっぱいに嗅ぎながら、うっとりと快感の余韻に浸り込んだのだった。

もちろん一度の射精ですむはずもないので、これからバスルームでオシッコをもらい、二回目はどのようにしてもらおうかと考えるうち、膣内でまたムクムクと回復しそうになってしまったのだった。

5

「そろそろ、センター以外の女性も相手にしてもらいたい」

二回の射精をすませ、亜利沙が帰ったので影郎がベッドに横になると、テレビ画面が点いて未来の自分が話しかけてきた。

「はあ、でも相手がいるかどうか……」

影郎は答えながら、自分にナンパなど出来るだろうかと思った。いかに標準体重に戻っても、顔立ちは平凡なままなのである。

「そんなのはいくらでもいるだろうに。人妻になった同窓生だとか、大学時代の後輩を呼び出すとか」

「どんなふうにきっかけを作るべきか、メアドも知らないし」

「うう、情けない。マリーを同行させ、阿部ヒロシにでも変身させれば女性たちが寄ってこよう。そうすればおこぼれにあずかれるぞ」

未来の自分は無責任に言うが、自分だって若いころ何もしなかったから未だにクローン以外の女性と縁が持てないのだ。

「分かりました。週末の休みには何とか都内に出てみます」

「ああ、頼むぞ」

彼は答え、画面が消えたので影郎も寝ることにしたのだった……。

――翌朝、影郎はマリーの作った豪華な朝食をすませて出勤した。

自分のエリアに行き、観測と軌道計算を続行したが、まだ新彗星が発見できるまでには間がありそうだ。

半年後に発見してウヅキと命名すれば、恐らく今からは想像も付かない忙しさになるだろう。だから、やはり未来の自分が言うように、今のうちに少しでも多くの女性たちと縁を持つべきである。

そして一日の仕事を終えると、所員たちは帰ってゆき、宿直のものは仕事を続けていた。

すると帰り際に、今日香が影郎に話しかけてきた。

「良ければ夕食どうかしら」

「ええ、行きましょう」

彼女からは熱い淫気が窺え、影郎も快諾して一緒にセンターを出るとレストランに行った。ビールで乾杯し、肉料理を頼んでワインに切り替えた。

「あそこへ行ってみたいのだけど」

食事しながら、今日香が窓の外を指して言う。センターから駅方面に向かう国道沿いに、洋風の城を模した一軒のラブホテルの灯りが遠くに見えていた。

確かに、寮や仮眠所ばかりでなく、ああした場所にも入ってみたい。

「ええ、ぜひ行きましょう」

「じゃ早く食べ終えましょうね」

淫気が伝わり合うと、二人は手早く余りの料理を片付け、ワインを飲み干して店を出た。

モール前からタクシーに乗り、ホテルの近くで降りた二人は、足早に中に入った。もちろん影郎には、初めての体験である。

少々迷いながらパネルで部屋を選び、フロントで金を払ってキイを受け取るとエレベーターで五階まで上がり、間もなく二人は密室に入った。

ダブルベッドにソファとテーブル、大型テレビにカラオケセット、見て回るとバスルームも広かった。

「じゃ急いで戻りますので、そのままで待ってて下さいね」

彼は言って脱衣所で服を脱ぎ去り、シャワーを浴びながらボディソープで腋と股間を手早く洗い、シャカシャカと忙しげに歯磨きしながら放尿もすませた。

最短時間で準備を整えると、影郎は急いで身体を拭き、脱いだものを抱えて部屋に戻った。

すると、やや照明が落とされ、すでに今日香は全裸にメガネだけ掛けてベッドに横たわっていた。

彼も脱いだ物を置き、すぐにもベッドに上がって熟れ肌に迫った。

仰向けにさせて今日香の巨乳に手を這わせながら、色っぽい腋毛の煙る腋の下に鼻を埋めて嗅ぐと、今日も一日働いた分の汗の匂いが、甘ったるく濃厚に鼻腔を満たしてきた。

「ああ、いい匂い……」

「もう剃ってしまおうかと思うの。せっかく若い彼氏も出来たのだから」

「い、いいえ、いけません、このままが色っぽくて良いんですから」

「そうなの……？」

今日香は答えながら息を弾ませ、うねうねと熟れ肌を波打たせはじめた。

影郎は匂いを貪ってから乳首に吸い付き、顔じゅうを豊かな膨らみに押し付けて感触を味わい、念入りに舌で転がした。

「アア……、いい気持ち……」

今日香も熱く喘いで、しきりに彼の髪を撫で回した。

やはり誰かに聞かれるのではないかと心配になる寮ではないので、最初から気持ちの乗りが違うようである。

彼も夢中になって左右の乳首を味わい、白く滑らかな肌を舐め降りていった。

豊満な腰から脚をたどり、足裏にも舌を這い回らせた。

脛のまばらな体毛も、このままでいて欲しいものである。

指の間に鼻を押し付けて嗅ぐと、汗と脂の湿り気と、ムレムレの匂いが悩ましく鼻腔を刺激してきた。そして爪先にしゃぶり付き、両足とも全ての指の股に舌を割り込ませて味わうと、

「あう……、ダメよ……」

今日香がビクリと反応し、腰をくねらせた。

貪り尽くすと大股開きにさせ、脚の内側を舐め上げ、ムッチリと張り詰めた内腿をたどって股間に迫っていった。

丸みのある割れ目からはみ出した陰唇はヌラヌラと大量の愛液に潤い、堪らずに顔を埋め込むと、柔らかな恥毛の隅々には濃厚に蒸れた汗とオシッコの匂いが馥郁と籠もっていた。

彼はうっとりと胸を満たし、舌を挿し入れて淡い酸味のヌメリを掻き回し、息づく膣口から光沢あるクリトリスまで舐め上げていった。

「アアッ……、いい……」

今日香が内腿でキュッと彼の顔を挟み付け、顔を仰け反らせて喘いだ。

影郎は味と匂いを堪能してから、両脚を浮かせて豊満な尻に迫った。

谷間に鼻を埋め、蒸れた匂いを嗅ぎながら顔全体に密着する双丘を味わい、舌を這わせてヌルッと潜り込ませると、淡く甘苦い味覚のある滑らかな粘膜を執拗に探った。

「く……！」

今日香が呻き、モグモグと肛門で舌先を締め付けた。アナルセックスの初体験はしたが、やはり前の方が良いらしく、割れ目からは白っぽく濁った本気汁も漏れはじめていた。

ようやく脚を下ろし、舌を割れ目に戻してヌメリをすすり、ツンと突き立ったクリトリスに吸い付くと、

「も、もういいわ、今度は私が……」

急激に高まったらしく、今日香が息を弾ませながら身を起こして言った。

影郎も素直に股間から這い出し、入れ替わりに仰向けになると、今日香も彼の股間に腹這いになり、両脚を浮かせて尻の谷間を舐め回してくれた。

「あう、気持ちいい……」

ヌルッと舌が潜り込むと、彼は美熟女の舌先を肛門で締め付けながら呻き、熱い鼻息で陰嚢をくすぐられて高まった。

今日香も充分に舌を蠢かせ、目の前でヒクつくペニスを満足げに眺めてから、脚を下ろして陰嚢にしゃぶり付いた。

二つの睾丸を舌で転がし、吸い付き、袋全体を生温かな唾液にまみれさせると前進し、肉棒の裏側を舐め上げてきた。滑らかな舌が先端まで来ると、粘液の滲む尿道口をチロチロと舐め、そのままスッポリと喉の奥まで深々と呑み込んでいった。

「アア……」

影郎は快感に喘ぎ、美熟女の温かく濡れた口の中で幹を震わせた。

今日香も幹を締め付けて吸い、熱い鼻息で恥毛をくすぐりながらクチュクチュと舌をからめ、スポスポと摩擦してくれた。

「い、いきそう……」

影郎が高まって言うと、今日香もスポンと口を離して前進し、彼の股間に跨がってきた。せっかくのラブホ初体験なのだからゆっくりすれば良いのに、互いの淫気が高まりすぎているのである。

先端に割れ目を当て、ヌルヌルッと一気に座り込みながら、

「アアッ……、奥まで届くわ……！」

今日香が顔を仰け反らせて喘ぎ、完全に股間を密着させて締め付けた。影郎も肉襞の摩擦と収縮、潤いと温もりに包まれながら、両手で彼女を抱き寄せた。

今日香は身を重ね、影郎の胸にムニュッと巨乳を押し付け、彼もしがみつきながら両膝を立てて豊満な尻を支えた。

彼女が上から唇を重ね、舌を潜り込ませながら徐々に腰を遣いはじめた。影郎もネットリと舌をからめ、生温かな唾液をすすって喉を潤しながら、合わせてズンズンと股間を突き上げた。

「ああ……、すぐいきそうよ、すごいわ……」

今日香が唾液の糸を引いて口を離し、熱く湿り気ある息で喘いだ。吐息は甘い花粉臭に、夕食後の刺激とワインの香気も混じり、悩ましく彼の鼻腔を掻き回してきた。

たちまち互いの動きがリズミカルに一致し、股間をぶつけ合うたびにクチュクチュと湿った摩擦音が響き、溢れた愛液が彼の肛門にまで垂れてきた。

「い、いっちゃう……、アアーッ……！」

今日香が声を上ずらせ、ガクガクと狂おしく痙攣しはじめた。

その収縮の中、続いて影郎も絶頂に達し、

「く……！」

快感に呻きながら、ありったけの熱いザーメンをドクンドクンと勢いよくほとばしらせてしまった。

「あう、もっと……！」

熱い噴出に駄目押しの快感を得た彼女が呻き、さらに締め付けを強めてきた。

影郎は快感を噛み締め、心置きなく最後の一滴まで出し尽くし、徐々に突き上げを弱めていくと、

「ああ……、溶けてしまいそう……」

今日香も満足げに声を洩らし、熟れ肌の強ばりを解いてもたれかかった。

彼は収縮と吐息を感じながら余韻を味わい、これから起こるであろう輝かしい未来に思いを馳せながら、荒い呼吸を整えたのだった……。

＊この作品は、書き下ろしです。また、文中に登場する団体、個人、行為などは実在のものとはいっさい関係ありません。

二見文庫

白衣《はくい》乱《みだ》れて 深夜《しんや》の研究《けんきゅう》センター

2022年 2月25日 初版発行

著者 睦月影郎《むつきかげろう》

発行所 株式会社 二見書房
東京都千代田区神田三崎町2-18-11
電話 03(3515)2311［営業］
03(3515)2313［編集］
振替 00170-4-2639

印刷 株式会社 堀内印刷所
製本 株式会社 村上製本所

落丁·乱丁本はお取り替えいたします。
定価は、カバーに表示してあります。
©K.Mutsuki 2022, Printed in Japan.
ISBN978-4-576-22015-4
https://www.futami.co.jp/

二見文庫の既刊本

双子姉妹　尼僧とシスター

MUTSUKI,Kagero
睦月影郎

大学講師をしている美男《よしお》は、教え子・怜香の実家である尼寺に行くことになった。彼は到着早々に、怜香の母親で尼僧の春恵から「女性の欲望をコントロールできる力がある」と告げられる。その言葉に半信半疑だったものの、早速彼と同じ大学の教会でこちらはシスターをしている春恵の双子の妹・真里亜に迫ってみることにした……。人気作家の書下し痛快官能！